国际大奖儿童文学

INTERNATIONAL AWARD-WINNING
CHILDREN'S LITERATURE

国际大奖儿童文学

城堡镇的蓝猫

[美] 凯瑟琳·凯特·科布伦茨 著

何然 编译　豆豆鱼 绘

科学普及出版社

·北　京·

前 言

  随着年龄的增长，人会越来越需要阅读，不只是因为在现实世界中我们需要不断进行知识升级，更是因为我们需要故事。故事是精神的食粮，使我们不致荒芜地走完人生的旅程。一个人的所有经历，从成为回忆的那刻起，便成为这个人独有的故事。我们在阅读故事时，会笑，会敬畏，会充满激情地去行动，会想改变什么，会更加了解人之为人的原因。

  我们可以通过阅读一本本经典之作，了解别人的故事，反思我们自己的人生。阅读让我们不必亲身经历苦难而知道苦难。阅读也可以让我们重构过去，塑造现在，面向未来。对于孩子来说，也是如此。他们的喜怒哀乐，可以通过阅读找到共鸣，获得抚慰。

  一个人在七八岁，或者更早一些的年纪，捧起第一本满篇都是文字的书，这便是独立阅读的开始。如果这本书是世界经典作品，那么它将告诉孩子，在哺育他的文化背景之外，还有另外一种文化。除了他看到的、想到的，还有一个人用另一种视角、另一种思想看待和理解我们这个世界。这种美妙的阅读体验，有时会被难以理解的词汇和拗口的语句阻碍，有时会被个人有限的知识束缚，有时会被过长的篇幅和未养成的阅读习惯牵制……

为了避免给孩子带来以上问题，在编译这套"国际大奖儿童文学"书系时，我们邀请了一线教研人员和儿童文学作家，一遍遍打磨本书系的语言，最大限度地让书中的语句形象生动、明白晓畅。让孩子在脱离父母、老师辅助的第一次自主阅读时，不但能自己读懂，还能在头脑中形成画面，领悟原著的精髓，领略文字的魅力，带来想象力的提升。

为了将绘本阅读带来的美好体验和审美习惯延伸进自主阅读中，本书系中的每个分册都加入了大量的精美插图，帮助孩子理解故事，增加阅读趣味。当然，本书系也十分适合亲子共读。父母不仅是孩子的长辈，也是孩子的朋友。共同阅读一本经典作品，可以更好地促进良好亲子关系的形成。或许，在与孩子讨论某个人物、某个片段时，孩子的独到见解，也能令父母再次成长。又或许，在听孩子复述一个个故事、描绘一位位主人公时，父母会惊讶于孩子表达能力的提高，以及他们情感的丰富与细腻。

阅读让我们了解其他人的观念与思想，让不同的人拥有互通的语境。在这个背景下，我们有了沟通的桥梁，能够更好地给予理解，产生共鸣。希望本书系能成为孩子成长的多功能桥梁，而不局限于阅读一个方面，这也是本书系出版的初衷。

目 录

001　第一章
　　　城堡镇的蓝猫

013　第二章
　　　河流之歌

027　第三章
　　　锡匠伊比尼泽·索斯梅德

047　第四章
　　　织布工约翰·吉尔罗伊

065　第五章
　　　阿鲁纳·海德与黑暗魔咒

083　第六章
　　　西尔瓦纳斯·格恩西的谷仓猫

097　第七章
　　　木匠托马斯·罗亚尔·戴克

115　第八章
　　　女孩泽鲁亚·格恩西

135　第九章
　　　光明的魔法

139　后记

142　致谢

第一章

城堡镇的蓝猫

有时候，
你可能会遇到一只特别的蓝色小猫，
他喜欢唱着河流之歌，
在寻找一个特别的朋友——那就是你！

这只蓝色的小猫出生在一个温暖又舒适的家里，那里有软软的干草、漂亮的花朵，都是他妈妈精心挑选的，就在佛蒙特州一个隐秘的角落里。这是很久很久以前的事了，大约发生在一百多年前。

当小猫妈妈第一次看到这只蓝色的小猫时，她有些担忧。她知道，那些能唱出河流之歌的蓝色小猫是非常稀有和特别的。

对于小猫们而言，找到一个温暖的家并不是易事。他们都梦想着找到一个能与他们的歌声共鸣的地方。但是，能唱出河流之歌的小猫要找到家就更加困难了。

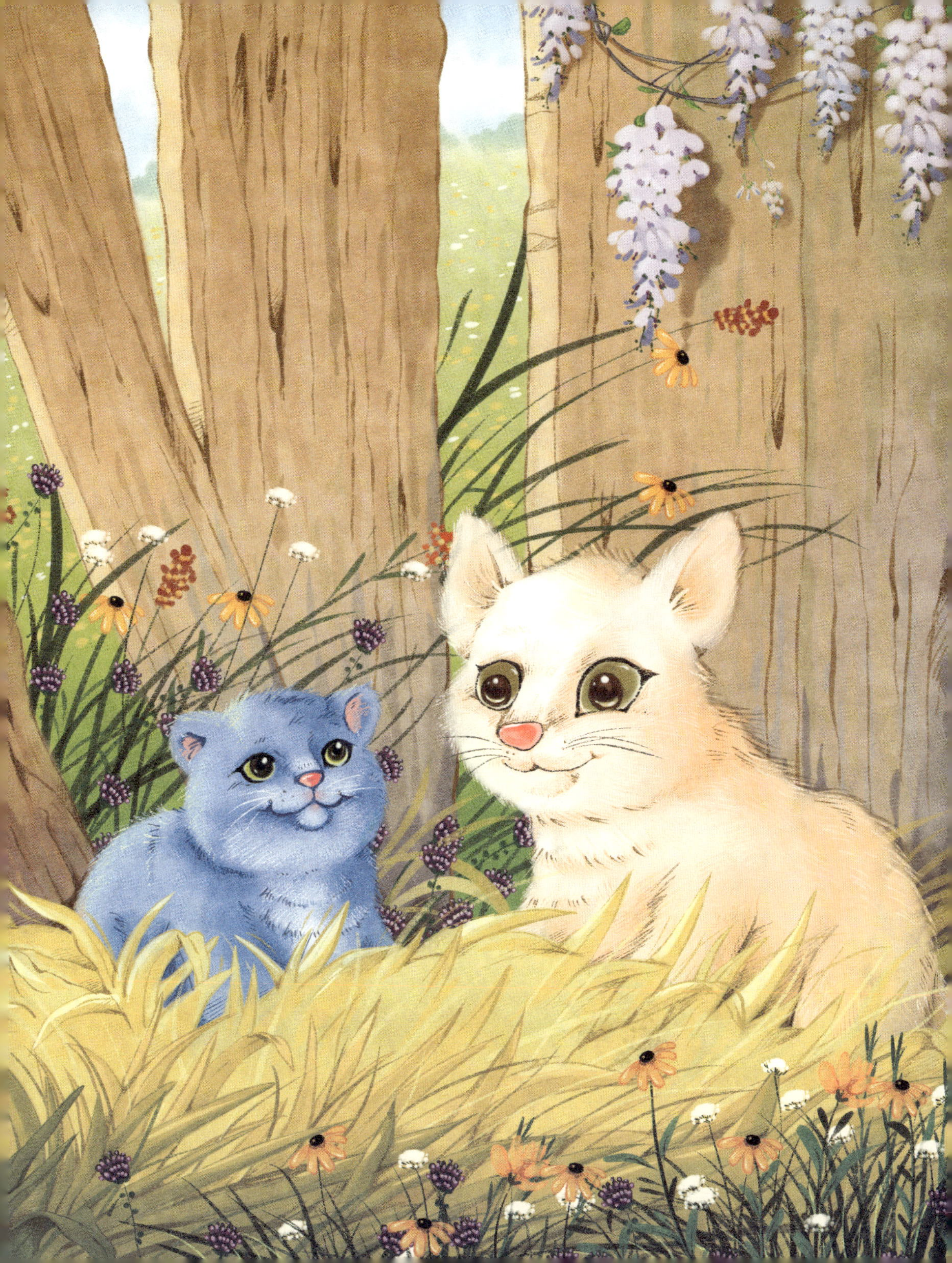

这样的小猫，不仅需要找到一个欣赏他们的歌声的家，还要教会家里的人一同唱起那首歌。河流之歌非常古老，但真正懂得用心聆听、用灵魂歌唱的人寥寥无几。

不过，总有一些特别的人会出现。因为如果没有人唱出河流之歌，这片土地上的故事就会消失。

小蓝猫就像一个勇敢的小勇士，只带着一首歌去探险。成功的小勇士会收获巨大的奖励，但没人说过失败会怎样。这就是小猫妈妈为什么会担心。但当她在小猫尾巴尖上发现了三根黑色的毛时，她的心里闪过一丝希望。因为只要小猫身上有一根黑色的毛，他就可能过上普通的生活。"毕竟，"小猫妈妈自我安慰道，"我的小猫有三根黑色的毛，整整三根！"她又数了数，确保没有数错。

"别去听河流的声音，"小猫妈妈警告刚对周围的世界感到好奇的小蓝猫，"记住，吃蚂蚱会让你瘦弱，鼹鼠难以消化，而鸟儿只能在没人注意时才能捕捉。虽然这些都很重要，偶尔忘记也没关系。但无论如何，千万别去听河流的声音！"

说完，小猫妈妈就走了，好像没有更多的话要说，只留下她那警告的尾巴在空中摇摆。

小蓝猫看着妈妈离去，好奇地歪着头。如果妈妈能回头告诉他为什么不能听河流的声音，或许一切都会不同。但这一切都是未知的。

很长一段时间，小蓝猫都没有注意到远处河流的低语，可能他以为那只是夏天的一种声音，就像风吹过干枯的草地和野花一样。

小蓝猫还有很多事情要学，像是怎样和野草一起玩耍、观察蜘蛛怎样织网，或者试着捕捉有着尖尖的鼻子和闪亮的眼睛的田鼠。

河流很有耐心，它的声音每天都变得更加清晰和响亮。直到有一天，小蓝猫终于听见了。他那蓝色的小耳朵立刻竖了起来，耳朵里面是粉红色的，就像海里的贝壳一样。"城堡镇，我要去的地方，是个美丽的小镇，"河流说，"没人知道它为什么叫城堡镇。但每个人，包括一只蓝色的小猫，都知道城堡有魔法。"小蓝猫点了点头，"是的，"他说，"那里确实有魔法。"他知道魔法是真的，因为他自己就住在一片充满奇迹的草地上。

"城堡镇有些人想破坏那里的魔法。魔法是由美好、和平和满足编织而成的。"小蓝猫想象着草地上的奇迹。"有些人看不到美丽，没有和平，也从不满足。"河流缓缓地说。小蓝猫感到很难过，两滴泪水从他的眼睛中滑落，"不满足。"他轻声重复。

"不仅如此,还有人在施展一个黑暗的咒语。"

"因为对金钱和权力的贪婪,一个黑暗的咒语正在被施展。如果城堡镇的人们不听我们的歌,城堡镇的荣耀将永远消失。"河流说。小蓝猫聚精会神地听,他调整了一下自己的姿势,想要听得更清楚。"如果你不想让城堡镇的荣耀消失,你,蓝色的猫,就必须找到那些愿意听我们歌声的人。"

"听我们的歌声。"听到声音,小蓝猫点了点头,好像连草地上的植物也在附和。"听……"小蓝猫突然问,"你是风吗?"

"我是河流,"河流回答,"你要倾听我的声音。"

"我会倾听的,"小蓝猫说。但他突然想起妈妈的话,"妈妈说……"

"现在说什么都晚了,"河流说,"不管你是否愿意听,你都会听到我的声音。所以,好好听吧,总有一天我会教你唱那首歌。但首先,我要告诉你关于城堡镇的事情。"

"我不会听!"小蓝猫坚定地说,用两只蓝色的爪子紧紧盖住耳朵。虽然这样很暖和,但夏天戴着耳罩可不舒服。

当他想给耳朵透透气时,河流在他面前轻轻笑了。"你叫蓝猫是有意义的。"它说。现在,河流的声音就像草地上的一种舒心的声音,成了这个奇妙世界的一部分。

之后,小蓝猫真的努力不去听那些声音。但是,对一只小猫来说,要一直不听是很难的。慢慢地,他开始每天都听到河流的声音。有时候,河流会讲一些城堡镇的故事给他听。

"很久很久以前,"河流开始说,"有一群人从一个很远的地方来到这里。他们有的骑着马,有的走在大车旁边。他们带着重要的书和小宝宝,还有从很远的地方带来的特别的苹果种子和玫瑰根。他们还带来了玉米和大麦的种子,以及很多工具和东西，都放在他们的车里。"

"他们还带着我的七世祖父，藏在一个小女孩的口袋里呢。"小蓝猫插话说。他的妈妈以前给他讲过这个故事——虽然这样的时候不多。

河流好像没有听到小蓝猫的话，它可能比小蓝猫——甚至是小蓝猫的妈妈更了解小蓝猫的七世祖父。

"最重要的是，"河流说，"这些来到这里的人带来了一种特别的魔法。他们的心里充满了美丽、和平和满足。他们中的一些人还会唱河流之歌。

"于是，他们决定在这里建立自己的家。他们开始种植玉米和大麦，希望地里的苹果种子能长出苹果树。在他们的第一个家——一间小小的木屋旁边，他们还种下了玫瑰。

"不久，那些小木屋被更大的房子取代了。这些房子紧紧地挨在一起，形成一条长长的街道。在街道的一头，有一片绿色的草地，孩子们可以在那里玩耍。有一座教堂建在草地的边上，旁边是一片安静的墓地。街道中间有一座客栈，那里的大人们会聚在一起谈天说地。而在街道的另一头，有一家鞋匠店，店里的墙壁是世界上最柔和的玫瑰色。人们说，这里的树木是最好的，挂在苹果树上的苹果比任何地方的都要甜。至于苹果酒——你只要尝一尝就知道了！玫瑰花的香味，像是一朵看不见的甜美的云，让每个经过的人都忍不住想要跳舞。

"这一切，都是因为城堡镇的人们心里充满了美好、和平和满足，这就是他们的魔法。"

听到这里，小蓝猫不由自主地开始呼噜呼噜地叫："美好、和平与满足。"

"我说什么来着？"猫妈妈叼着一只小田鼠走到干草堆旁，对着小蓝猫说。她在小蓝猫的右耳上轻轻地拍了拍，然后又在左耳——那只更靠近河边的耳朵——拍得更重一些。

但是，已经晚了。小蓝猫正在迅速地长大，他发现河流说的是真的，不管他想不想听，他总能听到河流的悄悄话。他每天都听着，最常听到的就是那句"美好、和平与满足"。他希望找到一个能理解这首歌并一起唱的人类家庭。

"这可不容易哦，"河流提醒道，"偶尔会有一些人天生就懂这首歌，但是人类不能把它教给其他人。这需要一只蓝猫，一只相信并唱着这首歌的蓝猫，才能做到。"

"相信是什么意思？"小蓝猫好奇地问。

"这个嘛，你得自己去发现。"河流回答，"就连我这条河，也不能告诉你全部。但我要告诉你的是，如果我们想阻止一个黑暗的咒语毁掉这个地方的话，城堡镇需要尽快学会这首歌。所以，小蓝猫，你的任务非常非常重要。记得，你得过自己的生活，唱出自己的歌。"

"不管将来会发生什么，肯定会有很多挑战，但不要轻易放弃。"河流继续说，"你的任务很艰巨，你会遇到很多困难。但记住，小蓝猫，如果你真的找到一个愿意接纳你，并且愿意一起唱歌的人，你不仅能找到一个温暖的家，还可以得到永恒的生命！"

"永恒的生命！"小蓝猫重复道。

"哼，胡说八道！"当小蓝猫告诉妈妈他会永生时，他的妈妈断然说，"我从来没听说过猫有超过九条命的！"

"但是河流……"小蓝猫试图解释。

"喵呜！看来你更愿意听河流的话，而不是听我说。"小蓝猫的妈妈伤心地说。她坐下来，长时间地望着远方。

最后小猫的妈妈做出了决定。"好吧，小蓝猫！"她说，"明天晚上月亮会变成蓝色。那时，你最好去河边的芦苇丛里坐一坐，学习河流的歌。如果你要学，就得一夜之间学会。"

"而且，"她接着说，"你很快就会长大，草地上的老鼠已经不够我们两个吃了。所以，也许现在就准备好出去闯荡是最好的。"

"但是，"小蓝猫想着他满足的肚子，还有被梳理胡须时的舒适感，"河流说我的任务会很艰难，会遇到很多困难。"

"当然，"妈妈同意说，"我很早以前就告诉过你。或者至少我告诉过你不要去听河流的声音。但是，毕竟一个由干草、蕾丝花和菊苣构成的巢穴不可能永远持续。你得过自己的生活，唱出自己的歌。"

"那正是河流说的。"小蓝猫说。

"喵呜！那就去听河流的声音吧！"猫妈妈有点儿生气地说。

第二章

河流之歌

小蓝猫小心地把自己的尾巴卷在身边，坐下来面朝河流。他离开温暖的干草堆时，天已经开始变暗了。当他穿过芦苇，走过野鸭的巢穴，来到河边时，天几乎全黑了。他听到了野鸭惊慌地扑腾翅膀的声音，听到了猫头鹰在枯枝上的叫声，还有夜鹰孤独的呼唤。小蓝猫不安地扭动着前爪，他甚至想转身回家。

但他没有回头。他让自己的思念安静下来，坐得更直，尾巴卷得更紧，然后静静地等待。

他的耳朵竖起来，全神贯注地听着。但是河流似乎没注意到这只小猫，它在石头上流淌，发出细小的声音。直到蓝色的月亮慢慢升起，河流才安静下来。当月亮像一只巨大的蓝色猫眼从山后升起，照亮了水面时，河流开始唱歌了——这是小蓝猫从未听过的歌。

在月光下，小蓝猫变成一个小小的影子，感觉到歌声进入他的耳朵，流遍全身，甚至让他的爪子和尾巴尖都有一种奇妙的麻感。

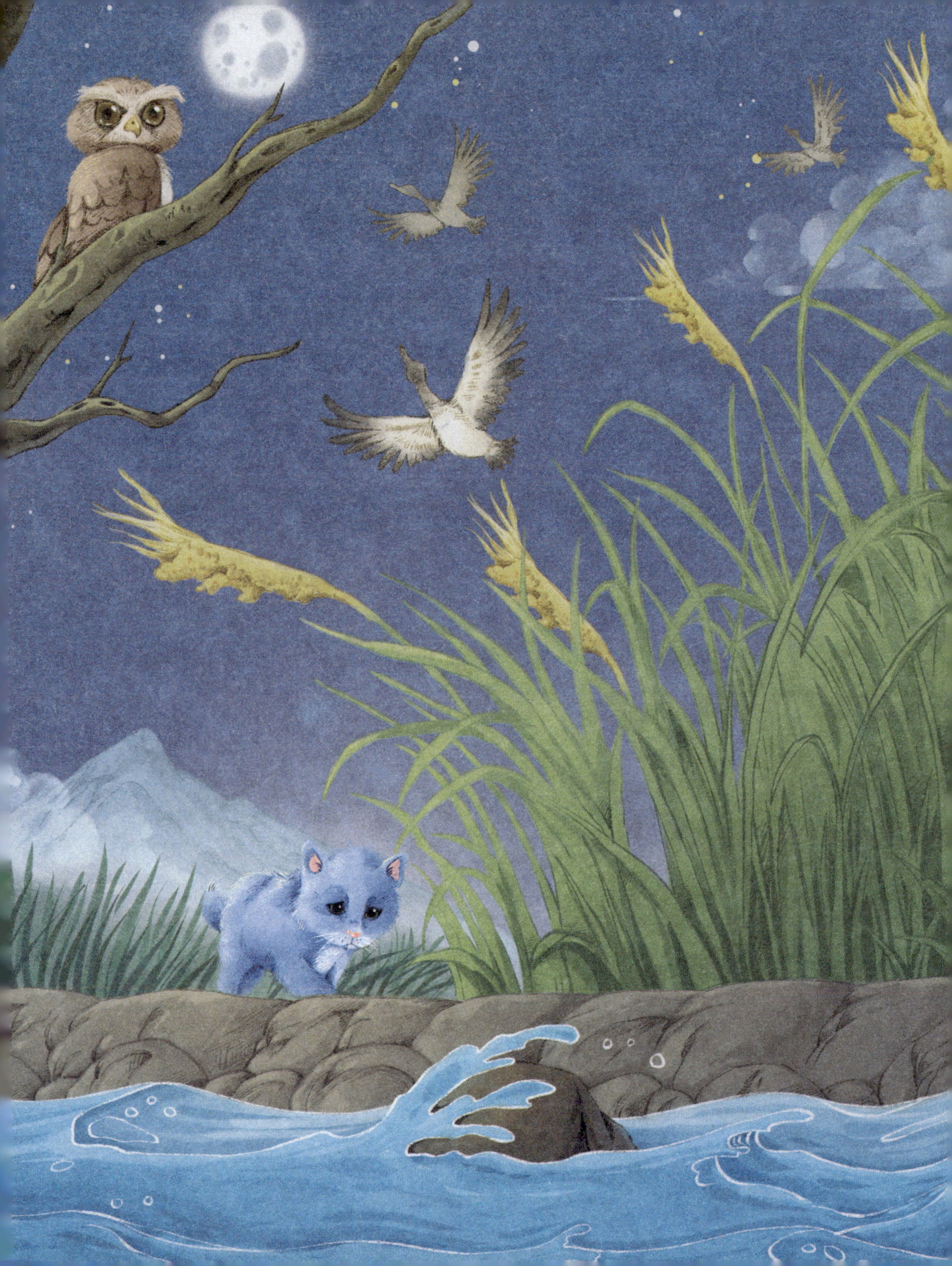

这首歌很特别，它就像是在草地上的生活那样简单又美好，有美丽、平静和满足感。就像蓝月光围绕着小蓝猫一样，他感到一种光辉的荣耀。

河流唱道：

唱出你的歌。

唱出你的歌。

从过去的歌声中，走向未来，

唱出你的歌。

用你的生活创造美好，

这就是那首歌。

财富会消失，权力会消逝，

但美好永存。

唱出你的歌。

做值得做的事，做好它。

唱出你的歌。

要精确，要完整，

每一行都要优雅真实。

时间是塑造者，时间是编织者，是雕刻师，

时间和工匠一起创作，

唱出你的歌。

唱得好，河流说，唱得好。

小蓝猫慢慢地、小心翼翼地发出"咕噜咕噜"的声音。"咕噜，咕噜，咕噜。"这是他唱的第一句。

但当他准备继续唱时，小蓝猫突然感到有点儿害怕。于是，他开始和河流讨价还价。作为一只小猫，他比许多动物都聪明。

"河流，教我其他的歌曲之前，"小蓝猫恳求说，"请帮我一个忙。城堡镇里有很多人。告诉我一些关于他们的事，这样我就知道该找谁了。"

河流沉默了一会儿，然后缓慢地开始讲述。

"城堡镇有一个锡匠，名叫伊比尼泽。他以前唱过那首歌。但是他最近忘了。不过，如果他再次听到那首歌，他的耳朵应该能辨认出来。他的喉咙里可能还有旋律，他的手上还有魔法。"

"嗯！"小蓝猫点点头，"伊比尼泽。"

"城堡镇还有一个织布工，他来自爱尔兰，"河流继续说，"他从没唱过那首歌，但一直梦想着唱它。如果你能让他开始唱，你可能

就会找到温暖的家。织布工的名字是约翰·吉尔罗伊。"

"约翰·吉尔罗伊。"小蓝猫困倦地说。"呵——呵——呼!"他打了个大哈欠,仿佛想把星星吞下去一样,"呵——呵——呼!"毕竟,小蓝猫从没离开过他温暖的巢穴太久。他试图保持清醒,但河流的声音太温柔了。小蓝猫舒服地躺下,闭上眼睛。很快,他就沉沉地睡去了。

河流正忙着讲它的秘密故事,好像没注意到小蓝猫。或许它是故意的,因为它想完成它的任务。河流轻轻地说:"要当心一个叫阿鲁纳·海德的人哦,小蓝猫。不要对他唱你的特别歌曲。记住我说的,因为你和阿鲁纳用的魔法不一样。阿鲁纳特别喜欢金钱,他被一种黑暗魔咒缠上了。

他在找一样东西，但他自己也不知道是什么，所以他就更加努力地找。虽然他手里有很多钱财，但他的心里没有快乐和宁静。他从来就不懂得满足是什么感觉。"

像陀螺一样快速旋转，
越来越快，
直到它因为太快而飞出去，
太紧的弹簧会断掉。
有些魔法是好的，人们可以用它；
但也有追求黑暗的咒语，它会控制人。
一直这样，一直这样。

河流唱起这样的歌。

这时候，小蓝猫把鼻子埋在他的爪子里，做了个小小的梦。同时，风在山谷里长长地吹着。

河流的声音变得更大一些："在试图摆脱那黑暗魔咒时，阿鲁纳反而让它传播得更广了。现在，阿鲁纳想把他们的家变成佛蒙特州这个宇宙的中心。"

小蓝猫睁开眼睛，把河水从胡须上抖掉。

"佛蒙特州？宇宙？"他好奇地问。

河流回答说："都一样。每个人都这么说。"

"啊……"小蓝猫说着，他又蜷缩起来，把温暖的睡意拉回来，就像披上一层舒服的毯子。但这次，他虽困倦，但仍竖着一只耳朵，多少听到了河流的话。不过，小蓝猫的记性不太好，就算当时记住，也不会记得太久。

河流继续轻声说："所以，无论发生什么，小蓝猫，都要小心阿鲁纳·海德。我警告你，不要对他唱你的歌。阿鲁纳也有他自己的歌，它会传播他的黑暗魔咒。到最后，你们两个中只能有一个胜出，城堡镇的未来取决于你们的歌声。最终，你们中的一个将无法承受自己歌声的力量，化作尘埃。"

如果小蓝猫真的完全醒着，他可能会像他妈妈那样大声说，这些话简直是胡说八道。

"现在，记好了，他的名字是阿鲁纳·海德，"河流又说了一遍，然后，它突然把冰冷的河水泼了过去，"你听见我说的了吗，小蓝猫？"

"当然了，当然了！"小蓝猫一边打着寒战一边骄傲地坐直了，

"他的名字是阿鲁纳·海德。"

"嗯!"河流又说,"也要小心那些只因为想要变得重要而追求权势的人。"

"当然。"小蓝猫打了个哈欠。

"还有那些喜欢夸大其词，总想比别人更好的人。"河流继续说。

小蓝猫又打了个哈欠。这次当他抬头时，看到了正在升起的蓝色月亮，它移动得很快，此时已经到了他的正上方。

"你已经告诉我所有我需要知道的了吗？"小蓝猫问河流。

"所有的？小蓝猫，哦，我才刚开始呢。"

小蓝猫不太喜欢这个回答。他抬起头，好奇地看着河对岸的灌木丛，好像那边有什么特别的东西。"毕竟，"他骄傲地说，"我是小蓝猫。我自己也能学会很多东西！"

但河流还在继续流淌，好像没有听到小蓝猫的话。

"在城堡镇，有个木匠，很朴实，却没什么人了解他。他出生时，耳边就响起了河流的歌声，就像你一样。他的父亲是个擅长打造银器的艺术家，歌喉也非常美妙。但是，当他的父亲想教他打银器的技艺时，他却更喜欢听河流唱歌。也许，你会遇见他。"河流讲道。

"他叫什么名字？"小蓝猫打了个哈欠，问道。蓝月亮正缓缓向西移动。小蓝猫知道，当月亮消失的时候，他必须掌握河流之歌——这是妈妈告诉他的。

"他的名字是托马斯·罗亚尔·戴克。'托马斯'是他妈妈给他起的名字，但他爸爸非要加个'罗亚尔'，那是皇室才用的名字。"河流慢悠悠地解释。

"但他只是个木匠。"小蓝猫疑惑道。

"对，就是个木匠。"河流似乎对这个称呼很满意。

"戴克，托马斯。"小蓝猫重复道。

"罗亚尔。"河流补充说。

"嗯。"小蓝猫显得不太在意，"城堡镇里还有谁值得我认识吗？"

"有个女孩，平凡得很。她既不富有也不出众，连名字听起来都有点儿奇怪。她很孤单，因为她妈妈不在了。我不知道她的声音如何，但她对声音很敏感。她喜欢听风吹过树梢的声音和溪流潺潺的水声。所以，她可能愿意听你讲故事。"

"我们还是继续唱歌吧。"小蓝猫说，决定不去记那个女孩的名字，因为月亮已经过了最高点。

"好吧。"河流叹了口气，"有些东西，你得自己去学，小蓝猫。你可能会遇到挑战，但这并不完全是我的错！"

城堡镇的小蓝猫不同于其他猫，他的蓝色使他特别。所以当蓝月亮最后一次穿过山谷，即将消失时，小蓝猫已经掌握了河流之歌，那首古老的歌，它是由宇宙的创造者首唱的。

河流临别时轻蔑地说："你可能只是一只普通的猫。"

"一只普通的猫？！"小蓝猫嗤之以鼻，他已经掌握了河流之歌。"一只普通的猫"这个想法太可笑了！

黎明时，他的妈妈在干草堆旁等到了他，给他最后一次洗脸，特别是那对粉红色的耳朵，它们在小蓝猫身上显得非常迷人。她还细心地整理了他那漂亮的长白胡须，还有那对像小喷泉一样的眉毛，以及他那双琥珀色的眼睛。她对小蓝猫胸前那柔软、有光泽的皮毛表示赞赏，这是他良好饮食的结果。最后，她数了数小蓝猫尾巴尖上的黑毛。

"说到底，"她沉思道，"你可能只是一只普通的猫。"

但小蓝猫一点儿也不这么认为，他骄傲地走出了草地。甚至在太阳升起之前，他就已经在去城堡镇的路上了，寻找一个愿意听他的歌声并学习河流之歌的朋友。小蓝猫坚信，他就是那只特别的蓝猫。总有一天，他会成为传说中的蓝猫。这绝对不是一件普通的事，绝对不是！哼，真是太荒谬了！

第三章

锡匠伊比尼泽·索斯梅德

在城堡镇的外围，小蓝猫发现了一条从大路上分出来的狭窄小道，它弯弯曲曲地穿过一座小山。在小路转弯的地方，他看到一缕烟雾，好像是从某个房子的烟囱里升起来的。小蓝猫猜想，那个房子一定藏在樱桃树和桤木灌木丛后面。他坐在布满尘土的大路上，盯着那缕烟雾。河流和妈妈教给他的东西让他知道了人类的习惯。烟雾意味着有火，对人来说，火意味着会有食物。对于一只特别的

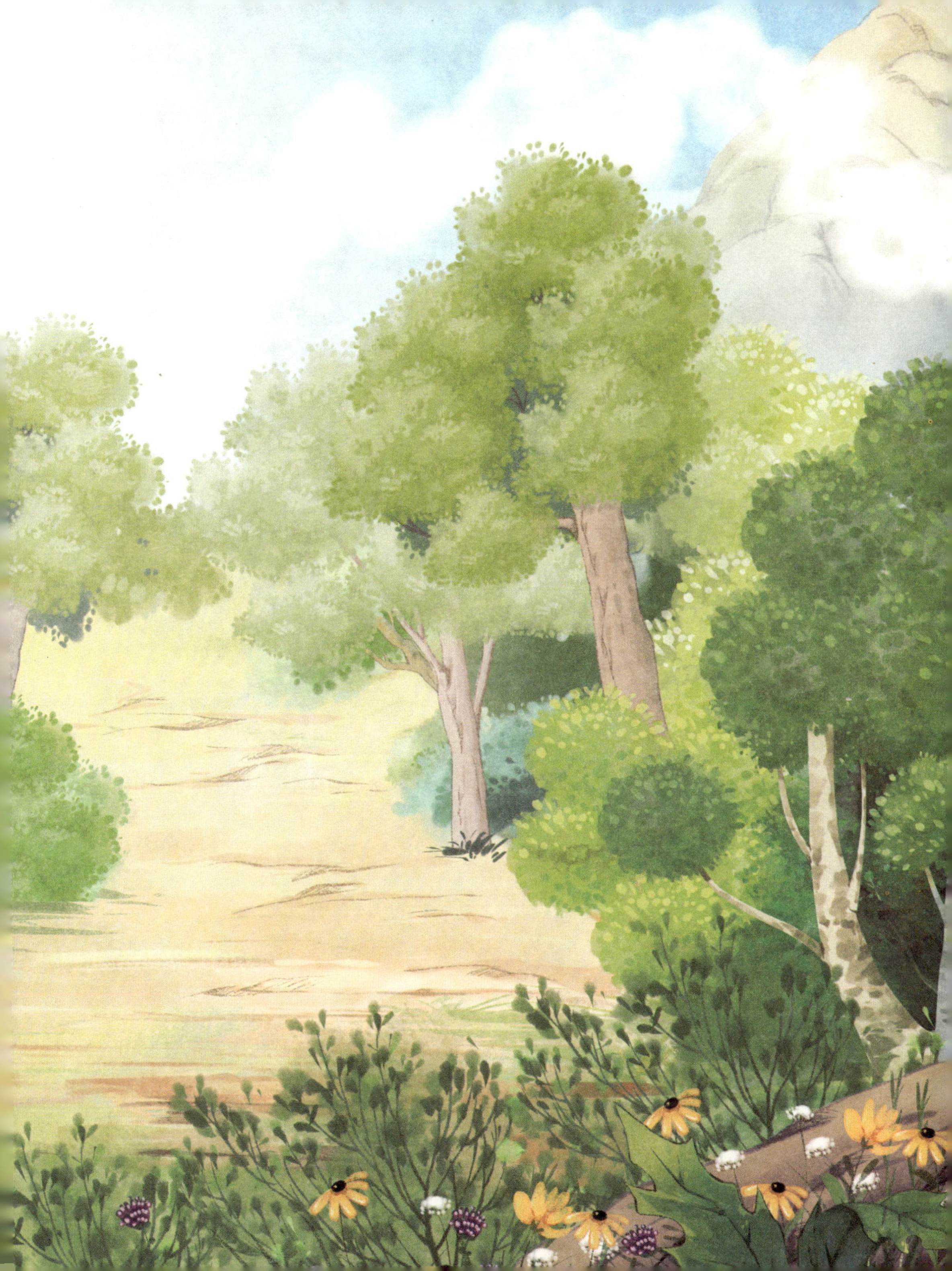

小蓝猫来说，这还意味着可能有个温暖的壁炉。

想到这里，他站起来，沿着小路快步前进。他看到一只年轻的黄色虎斑猫忘记了梳理自己的毛发，从房子旁边的谷仓门口探出头，好奇地看着他。但小蓝猫是不会在意一只看守谷仓的普通的猫的，并没有多加理会。毕竟，谷仓里的猫和他不是一类。他抬头挺胸，直接走到小屋的门前，期待地坐下。但门没有立刻打开，他开始大声地叫起来。

门终于开了，一个女孩出现在门口。小蓝猫想，她看起来真的不怎么样。但他想，人类可能没办法像猫那样好看。重要的是，她可能有个不错的壁炉。

他绕过女孩往屋里看。这是他第一次看到这样的房间，但凭借他的颜色和与河流的联系，还有他在草地上的经历，他一眼就看清了屋子里的一切。

一张没有东西盖着的桌子，两把直背椅，肯定不适合小猫蜷曲睡觉。角落里有个纺轮，上面已经结了蜘蛛网。确实有个壁炉，但壁炉上没有舒适的地方让一只小蓝猫舒服地躺下。甚至连火都烧得不旺，木头看起来随时都可能熄灭。挂在架子上的水壶也没有发出令人安心的嗡嗡声。小蓝猫觉得，人类的家显然没有草地舒服。

尽管有些失望，小蓝猫还是坐在门前的石阶上，开始唱起河流之歌。女孩听到他的第一声呼噜就尖声说："走开，走开。"但小蓝猫还是唱完了一句。

然后门"砰"的一声关上了。小蓝猫似乎听到了一声抽泣，但他太生气了，不想去在意。他们竟然不让他进去！至少也该给他一顿好吃的早餐！他不就是那只特别的小蓝猫吗？难道他不会唱河流之歌吗？

草地上的一只羊轻蔑地说了些什么，而谷仓门口的那只年轻的虎斑猫友好地"喵"了一声。小蓝猫没有理会。相反，他鼓起勇气，显示出自己有多生气，转身离开。他不往左看，也不往右看，沿着小路走回了他之前满怀希望离开的大路。然后他继续前行，一直走，一直走，直到来到了城堡镇边，那里绿意盎然。

"现在我来到了城堡镇，这里的房子紧紧挨着，好像在陪伴彼此，"他自言自语道，"让我想想，河流告诉我，我应该找伊比尼泽·索斯梅德、约翰·吉尔罗伊、阿鲁纳·海德，哦，对了，还有一个木匠和一个女孩。肯定有一个人会愿意听我唱歌，然后和我一起唱河流之歌。我就不需要记住所有的名字了。"

小蓝猫在村子边上的一个井边停下来，看看自己的倒影，因为他觉得自己是一只非常漂亮的小猫。他心想：除了那个住在不好看的屋子里的不好看的女孩，应该没人不愿意听他唱歌吧！

他俯下身子，检查自己的胡须和眉毛是否整齐。他又靠近水面一些，井水却突然像是要迎接他一样，冲上来溅了他一身。接着，就是一阵哗啦啦的水声。

于是，他发现自己在冷冷的水中不停地往下沉。

他拼尽全力尖叫了一声，然后就被水彻底淹没了。他甚至来不及闭上眼睛。恍惚间，他好像看到一个满头白发的男人从井口向下看着他。

然后，伴随着可怕的吱嘎声和咕噜声，好像有什么东西落下来，又慢慢接近他。这时，小蓝猫忘记了所有他知道的事情，只感到非常害怕。他觉得这一定是黑暗魔咒来抓他了。这比被淹死还要糟糕。

但是，吱嘎声和咕噜声突然停了，果然，他感觉到有魔咒在他下面，几乎要把他包围起来。他觉得自己就像一只快被吃掉的老鼠一样。他想，自己永远也找不到一个适合他的温暖的地方了。哦，他为什么要听河流的话呢？

然后，吱嘎声和咕噜声又响起了，原来是绞盘的声音。小蓝猫

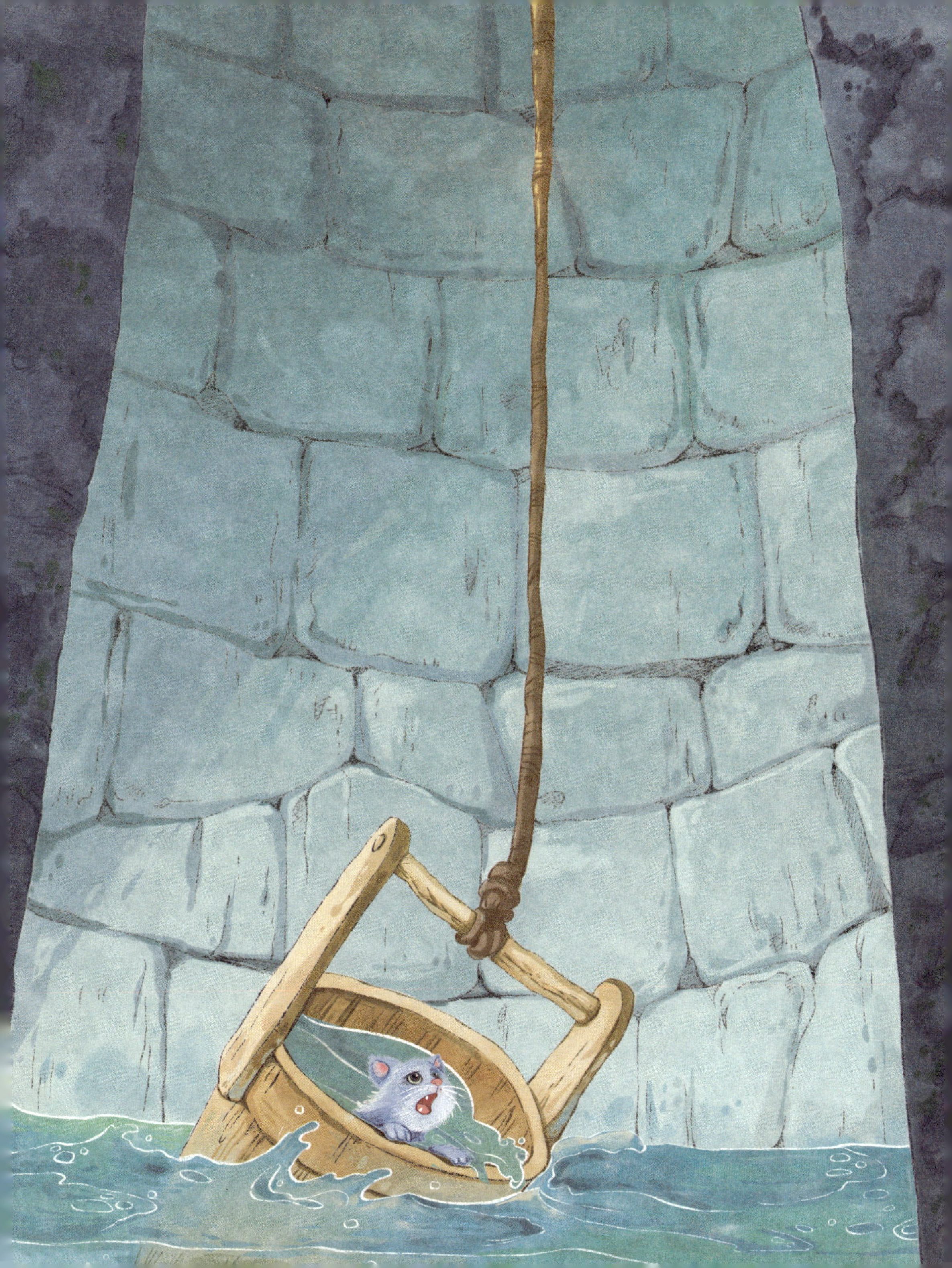

被提了起来，越来越高。然后，装着他的提桶被倒过来，他就这样被倒在了草地上。他躺在那里，全身湿透，看起来更像是一块湿抹布，而不是一只蓝色的小猫。这就是他被带到城堡镇的方式，就像从井里捞出来的垃圾一样！这真是太尴尬了。

小蓝猫感到非常窘迫。那位白发的男人把他捡起来，就像正常拎起一只猫那样，提着他的后脖颈。水从他的下巴、尾巴、爪子，甚至耳朵上滴落，他被带进了一间屋子，被轻轻地放在一个砖块砌成的壁炉旁。砖块被烤得热乎乎的，很快，一种舒适的感觉就沿着他的脊背蔓延开来。

尽管如此，他还是躺在那里，四肢伸展，假装自己差点儿被淹死了，其实并没有那么严重。他在水里的时间不够长，根本不足以让他真的有危险，但他还是希望那位白发的男人能同情他一下。

小蓝猫知道，别人都告诉过他，他的任务会很困难，会遇到很多障碍。但他从没想过会这么难。

最后，小蓝猫睁开一只眼睛，然后又睁开另一只。地板上有小小的阴影在跳动。他抬头一看，发现自己靠着的砖头支撑着一个正在燃烧着的炉子——他想，这可能是他妈妈说过的铁匠铺里的"大火炉"，她曾经在那里抓住了一只年轻的小鼠。炉子上面有一个顶棚。在小蓝猫看来，这个场景真的很温馨。

然后，他的胡须动了动，好像在提醒他什么。他低下头，就在他面前，有一只装满牛奶的碗。小蓝猫把碗里的牛奶全都舔干净了，连碗边都没放过。之后，他开始梳理自己的毛发，沉浸在这个舒服的过程中，他完全忘记了自己差点儿被淹死的事情。

这间屋子不仅温暖，看起来还特别舒适和友好。柜子上摆放着闪闪发光的茶壶、糖罐和水壶等各类容器，它们的把手和壶嘴看起来有点儿奇怪，小蓝猫不是很喜欢。这些东西的配件看起来和它们自身不是很搭，但小蓝猫的尾巴却像是为他量身定做的。

但是，当小蓝猫抬头看向更高的架子时，他发现了一些漂亮的盘子和一两个大酒杯，它们看起来和柜子上的东西完全不一样。这些高架子上的盘子散发出柔和的光芒，让小蓝猫想起了那个听着河流歌唱、月光洒在河面上的美好夜晚。那些大酒杯的把手看起来与它们真的很配套。小蓝猫伸长了脖子，想要更仔细地看看它们。

"小家伙，你喜欢我以前做的锡器吗？"男人问道。他的脸圆圆的，脸颊红扑扑的，像熟苹果。他也仔细地看着高架子上的盘子和酒杯。

"你瞧,架子上放的这几个锡器,都是用上好的锡料制作而成的。制作这些器皿的配方,是美国最好的锡匠师傅传给我的。我用的模具,也是康涅狄格州最棒的。但是,制作这些锡器需要花费很长时间,而且赚不了多少钱。"

锡器!小蓝猫想。这一定是伊比尼泽·索斯梅德,那位著名的锡匠!嗯,他的妈妈和河流都说得对。他经历了很多险境,差点儿在井里淹死,还被吓了一大跳。

但现在,感谢上天,他只要唱出他的歌,就能永远有一个舒适的家了。他真的很庆幸自己听了河流的建议!他把长长的蓝尾巴卷在身边,挺直了身体,展示出他胸脯上光亮的白毛。然后,他开始慢慢地"呼噜",因为他想要记住歌词的每一个字。

"唱出你的歌。"小蓝猫唱道。伊比尼泽·索斯梅德正忙着给邻居修茶壶嘴,他放下了工具,透过眼镜往上看。

"哎呀，小家伙！"他惊讶地叫道。哦，吸引人类的注意是多么容易啊，当伊比尼泽双手托腮，盯着壁炉旁的一团蓝色时，小蓝猫想着。

"用你的生活创造美好。"小蓝猫"呼噜"着说。

伊比尼泽抬头看向那些闪亮的锡盘子。"这些东西！"他不屑地说，"这些东西！任何乡下的锡匠都能做出这些！"他的目光扫过那些奇怪的茶壶、糖罐和水壶。他深深地叹了口气。

"财富会消失，权力会消逝。"小蓝猫继续唱。

"我从未真正拥有过很多。"伊比尼泽说。

"但美好永存……"那人听到这句，将目光转向了单独的高架子。

"但美好永存……"他重复道，"是的，我知道，小蓝猫。那些盘子和酒杯会证明的，那些是我不愿意卖掉的作品。"

"唱出你的歌。"

伊比尼泽看了看自己的手。

"做值得做的事,做好它。"河流这样说过。

伊比尼泽的目光再次回到小蓝猫身上。

"要让每个音符都听起来很美,每一句话都要真诚优雅。"小蓝猫心里这么想。他唱得很棒,自己都没意识到声音这么好听。

小蓝猫突然抬起头,因为伊比尼泽突然从椅子上跳了起来。他开始抓起柜子上的水罐、糖罐,还有一些闪闪发光的盘子,四处乱扔。

突然,一个水罐飞过来,正好砸在惊讶的小蓝猫的头上。虽然他马上试图用爪子把它推开,但它纹丝不动。现在的他,就像穿着铠甲的骑士,但"头盔"上没有可以看外面的小孔,呼吸的空气也变少了。

他开始不停地打滚,直到滚到伊比尼泽的脚下,还把他绊倒了。"哎呀!"小蓝猫哼哼道,"在草地上的生活怎么也没让我准备好面对这种情况!"

这只是开始。接下来,小蓝猫以为自己的头要被扯下来了,但其实是伊比尼泽在帮他摘掉"水罐头盔"。

他深深地吸了一口气，再吸一口！哇！空气真是太棒了。小蓝猫感激地伸长了脖子，然后很快又缩回肩膀里。因为伊比尼泽正把水罐扔进炉火里。小蓝猫看着水罐落在炭火上，下一秒，只剩下一团越来越红、不停发出"嘶嘶"声的正在熔化的金属。

想象一下，如果小蓝猫也被一起扔进去，现在可能就变成一块蓝色的煤炭和一缕烟雾了。说真的！他在干燥的三叶草、蕾丝花和菊苣叶铺成的干草窝里睡觉时，可从来没有做过这种可怕的梦。他多么希望自己从未离开那个温暖的家！他是多么希望……然后他躲开了被丢过来的一个盘子和一个量杯，绝望地跳到一把椅子的背上。

这时，锡匠抓起了柜子上的两个闪亮的茶壶。"看看你们！"他愤怒地摇晃着手中的茶壶。"看看你们那丑陋的壶嘴，荒谬的把手！这是我自己制作的工艺吗？这是我曾经自豪地标记过的作品吗？

"哼！这些就是阿鲁纳·海德想要的茶壶。'用新配方，'他对我说，'它更便宜，金属更薄。你可以快速地压制成型，不必使用旧模具，不需要烦琐的打磨和抛光，但它看起来像银器一样闪亮。'

"但它不是银器，小蓝猫。它甚至不是真正的锡器——不是好的、纯粹的锡器。它是由一种新的、便宜的金属制成的。

"你知道康涅狄格州的好锡匠是怎么评价这些东西的吗？小蓝猫。我当时不明白他的意思，但现在我明白了。

沉默是金，

言辞如银，

但说一套，

做一套，

就是新的便宜金属。

"然而，当阿鲁纳和你谈话，告诉你如何赚钱、如何快速赚钱时，你会产生一种沉重的情绪。你几乎相信他所说的。所以我按照阿鲁纳的要求做了。但我不再在我的作品上打我的标记。我说这是因为我只为邻居们做锡器，而且做这些是浪费时间。我一直知道我的话不是真的。

"'快一点儿，'阿鲁纳说。我加快了速度，我的作品变得越来越难看。于是我把做标记的工具锁起来了，因为我感到羞愧，不再使用它。哦，新作品虽然卖得很好，它的新颖成了一种时尚，但

我知道它既廉价又丑陋。"

　　锡匠静静地看着小蓝猫好几分钟。然后，他用一种很轻的声音慢慢说："小蓝猫，我做了一些很傻的事情！我，伊比尼泽·索斯梅德，曾经做过非常棒的锡器，足以给国王用的那种。"锡匠好像在等小蓝猫回答，所以小蓝猫就认真地点点头。他不是很懂锡匠说的话，他虽然听过关于国王的故事，但从没见过国王。不过小蓝猫知道这个人听了他唱的河流之歌，并且懂得了那首歌的意思。现在，小蓝猫要做的就是教他唱这首歌。这样，小蓝猫的麻烦就会解决，他就可以舒服地躺在人类温暖的壁炉旁了。

于是，小蓝猫又开始唱河流之歌。他一遍又一遍地唱，而伊比尼泽·索斯梅德就在店里静静地走来走去，默默地工作着。

小蓝猫找到了一个窗台，阳光正好照在那里。因为他还太小，会时不时在唱歌的时候睡着。醒来后，他就从停下的地方继续唱。他第一次醒来时，伊比尼泽正在看着一张发黄的纸，同时往一个锅里称一些金属块。"就这样，就这样。"他一边说，一边把锅放在炽热的煤炭上。

下一次小蓝猫睁开眼睛时，伊比尼泽正在把熔化的金属倒进两个模具里。几小时后，金属冷却了，伊比尼泽打开模具，里面是两个空心的部分，有点儿像碗或者是球的两半——小蓝猫这么想，伊比尼泽仔细地把它们焊接在一起。他工作得很慢，有时候还会出错。但最后，他还是在车床上不停地转动着那个锡器，直到锡器表面被打磨得十分顺滑。小蓝猫忍不住走过去看。

伊比尼泽停下手里的工作，把成品放在小蓝猫的鼻子下。"看，小蓝猫，看好了。你甚至看不出接缝在哪里。我的手艺还在。现在就差盖子、壶嘴和把手了。如果这些我也能做好，就证明我还是那个厉害的我。这就是我梦想中的茶壶，小蓝猫。如果我有时间的话，我肯定能做到——如果——我——有——时间！"

他说完，就开始哼起歌来。小蓝猫充满希望地看着他。他的歌声里有河流之歌的旋律，但只是一小部分，而且没有歌词。

于是小蓝猫自己又开始唱河流之歌。人类真是奇怪，学这首歌并不需要很长时间，小蓝猫心想。

不时地，伊比尼泽会停下手中的工作，撕一点儿面包扔进邻居送来的牛奶里。但他还没吃几口，就急匆匆地回到他的工作中。这时，小蓝猫就会悄悄走过去，喝掉剩下的牛奶。

伊比尼泽好像根本没注意到小蓝猫。他的眼睛一直盯着他的工作，但他哼唱的声音越来越响，歌声里越来越多地混入河流之歌的旋律。小蓝猫发现，他的动作变得更加稳健和精准了。到了傍晚，伊比尼泽·索斯梅德叫小蓝猫过来，他看起来非常兴奋。"这是我一直梦寐以求的作品。"他说。

他兴奋地拿着刚做好的茶壶，在烛光下转来转去，仔细地看。

小蓝猫也能看出来，茶壶的每个弧度都做得刚刚好，每条线都非常直。壶嘴和把手都非常漂亮，完美地融入了茶壶的形状。而且茶壶的光泽柔和又美丽，就像高架子上那些质地精良的盘子和大酒杯一样。

伊比尼泽坐在椅子上,看起来很累,但他还是用一只手抱着茶壶,另一只手轻轻地摸了摸小蓝猫的头。"我很高兴你来了,小蓝猫。"他说。

然后他慢慢地站起来,走到房间的一个角落,从一个箱子里拿出一个特别的工具。"这是我的专属标记。"他自豪地说。

他把工具的一端加热后,小心地按在了新做好的茶壶底部。

小蓝猫走过去,好奇地围着他转,眼睛紧紧地盯着茶壶,尾巴像把手一样弯曲，脖子弯得像壶嘴。

伊比尼泽·索斯梅德唱起了河流之歌：

时间是塑造者，时间是编织者，是雕刻师，
时间和工匠一起创作，
唱出你的歌。
唱得好，河流说，唱得好。

"看，小蓝猫，"他唱完后，又把茶壶底部展示给小蓝猫看，"这就是我伊比尼泽·索斯梅德的专属标记！"

标记上是一艘正全速前进的船，下面刻着"E.S."的字母。

"这个茶壶，"他自豪地说，"这个茶壶，足以配得上国王使用。真的很适合国王！"他的声音有点儿颤抖，小蓝猫能感觉到他已经很累了。

他轻轻地把茶壶放在工作台上，然后靠在旁边。不久，他的手就慢慢垂了下来，松松地挂在身边。小蓝猫把头贴在他的手上蹭了蹭。然后，小蓝猫震惊地退了回去。

伊比尼泽·索斯梅德去世了。

过了一会儿，小蓝猫之前没注意到的河流声似乎变得非常大，好像在房间里不断回响。但这是不可能的，小蓝猫困惑地走到窗户前，往外面的夜晚看去。山谷里雾气弥漫，但突然散开了，小蓝猫看到一艘船正在经过——所有帆都张开得满满的船。他告诉自己，这太荒唐了，因为船怎么可能穿过佛蒙特州的山谷呢？

每晚送牛奶的邻居敲了敲门，除了小蓝猫的叫声外，没有听到任何回应，就拧开了门闩。

当邻居进来时，小蓝猫从他的脚边溜了出去，逃到了雾气和潮湿中。他感到很孤单，而且他还需要找个新家。那天晚上，小蓝猫不知道自己该为听到了河流之歌高兴还是难过。

第四章

织布工约翰·吉尔罗伊

如果我是一只普通的小猫,找个温暖的地方住就容易多了,小蓝猫这样想,想起妈妈以前对他说的话。但是,妈妈从来没提到他尾巴尖上那三根黑毛,所以他从没想过自己可能就是一只普通的小猫。当然,妈妈说过这种事情可能会发生,河流也有点儿这个意思。但是,小蓝猫心里总觉得自己很特别。虽然他有时候说想成为一只普通的小猫,但他内心深处一点儿都不希望这样的事情发生。

早上,当雾散去的时候,他决定继续往前走。天慢慢亮起来的时候,他停下来看了看前方的几所房子,想知道它们是否适合做家。他甚至跳到窗户上去偷看,结果发现那是一家卖帽子的店。这次他真的希望能找到一个好地方。对一只小猫来说,有一个舒服的家是很重要的。如果他能找到一个舒服的家,那就意味着他以后的日子会更好。

当他到达那条路的中心时,他看到了一所小房子。门上挂着一个晃动的门牌,上面写着:织布工约翰·吉尔罗伊。

织布工本人正站在那个门牌下,他差点儿碰到了门牌。小蓝猫注意到门牌下的那个人很高很瘦,有着黑色的卷发,一双奇怪的蓝眼睛,时不时还会变成灰色。小蓝猫还注意到这个人脸上有深深的皱纹。妈妈曾说过,人们脸上的皱纹是他们的经历留下的痕迹,有些是好的,有些是坏的。小蓝猫一眼就看出,这个人脸上的皱纹是好的。甚至在听到这个人说话之前,他就觉得这里有很大的机会成为他的新家,嗯,是非常大的机会。

约翰·吉尔罗伊正和两位女士聊天,他的手指轻轻摸着一些又软又滑的白色线。小蓝猫站在旁边,好奇地听着他们的谈话。

"这是非常好的亚麻线,"织布工说,"纺这样的线,需要一整年的辛勤工作。"

"对的,"年纪大一点儿的女士说,"去年五月,我们用我妈妈的方法种下的亚麻。"

年轻的那位女士手臂上还缠着线,笑了起来。她的眼神仿佛穿越了时间,让小蓝猫知道她在回想种亚麻的日子。

年纪大一点儿的女士接着说:"我自己用工具处理亚麻,去掉种子,然后在我们家旁边的河流里泡,直到它变软。我把它捣碎、摇晃，直到过滤掉所有粗糙的部分，然后用梳子梳理，去掉短纤维。哦，这真是一项大工程。但是纺线又是另一回事了。"

小蓝猫心想，人们真的很喜欢说啊。他看着织布工，惊讶地发现这个男人一点儿也不觉得女士们的话烦人。相反，他看着她们的脸，好像非常享受她们的故事。

"还有别的吗？"织布工在女士们停下来的时候问。

"有的。我在忙碌的时候纺线，用来休息，"年纪大一点儿的女士犹豫了一下，好像在找恰当的话，"纺线是一件庄重的事情。"

她惊讶地看着自己的手，好像没想到自己竟能参与制作那些织布工手上的亚麻线。

"我想看看你家里面，看我喜不喜欢。"小蓝猫对织布工说。

但是没人理他。那位年轻的女士突然说："田野真美，蓝色的花朵，金色的收获，它们纺出的线却是那么洁白，不觉得惊讶吗？我为此写了首歌，在纺线时唱。"

我在这里纺线，纺线，手指间缠着白色的线，虽然我一直在纺，心里却想着金色田野上蓝色的花。

织布工赞扬道："你把亚麻漂得很白。"

"一年的辛苦，怎能轻易放弃。"年纪大一点儿的女士说道。

"也不能放弃美。"年轻的女士补充。

织布工疑惑地问："那你们为什么来找我？你们知道，我主要织羊毛线，而且大部分时间都在为阿鲁纳·海德工作。他给的酬劳很高。"

"因为你是城堡镇上最好的织布工。我们只想用最好的，"年轻的女士说，"而且，你来自爱尔兰。爱尔兰的织布工都会织亚麻。让

阿鲁纳等等吧。"

"让阿鲁纳等等?"织布工惊讶地问。

"这一年,我们纺得很辛苦。"年纪大一点儿的女士提醒道。

"我们想永远记住这一年。"年轻的女士温柔地说。

这时,小蓝猫觉得自己等够了,开始轻轻哼唱河流之歌。毕竟,他们的谈话他已经听够了。

"这片田野蓝不蓝?"织布工问,没注意到他脚边小蓝猫轻轻的歌声。"蓝得就像大海!还有金黄色的沙滩!"年轻的女士说。她又开始唱她的纺线歌曲,这次她唱的是"蓝色的大海和金色的沙滩"。

"那么这线就应该是白的,像海浪一样,"织布工说,"海浪就是大海的线。那么,你们想让我为你们织些什么呢?"

"桌布。"两位女士同时说。年纪大一点儿的女士补充说:"我们都还没有白色的桌布,桌子上铺一块白布会让家里看起来不一样。"

"它让人感觉很神圣——就像在教堂领圣餐时的感觉。"年轻的女士点头。

这时，小蓝猫已经唱到了河流之歌的一半。接下来的安静中，可以清楚地听到他的歌声。

财富会消失，权力会消逝，
但美好永存。
唱出你的歌。

现在小蓝猫看到织布工真的在听，他就更加努力地唱。

从过去的歌声中，走向未来。

"很久以前在爱尔兰，我计划过……"织布工开始说。

"那就这么定了。"年轻的女士没说什么，但把她的纱线一束束放到织布工的另一只手臂上，他把手举起来接住了。

这两位女士转身时，她们的裙摆沙沙作响，她们快步走向路边等候的马车，一匹老棕马正静静地站在那里。年纪大一点儿的女士跟在年轻的女士后面爬进车里，接过缰绳，轻轻地用嘴唇发出召唤声。听到这个声音，老棕马开始前行。马蹄在泥土路上缓慢行进的声音和车轮的"吱嘎"声完美地和小蓝猫的歌声相呼应。小蓝猫坐在织布工的门牌下，玩着轻拂他鼻尖的一束亚麻纱线："用你的生活创造美好。"

"好吧,这一次就让你玩吧,小蓝猫,"约翰·吉尔罗伊说着,把纱线从小蓝猫能够触到的地方拿开,"你的歌声真好听。进来吧,找个舒服的地方。"

就这样简单,当你感觉到自己是特别的,你应该相信这种感觉。小蓝猫心想。小蓝猫享受了一顿美味的早餐,虽然不是很奢华,但有玉米饼和培根。同时,织布工抚摸着软软的亚麻线:"这线滑滑的,就像我在中国摸过的丝绸一样,小猫咪。"小蓝猫用爪子轻轻碰了碰他的膝盖,表示他听懂了。织布工放下线,抱起了小蓝猫:"我打算在桌布上织一座我记忆中的美丽塔楼。"小蓝猫开始愉快地唱起来。

财富会消失,权力会消逝,
但美好永存,
唱出你的歌。

织布工一边抚摸着呼噜呼噜的小蓝猫的头,一边说:"你说得对,小家伙。那座塔楼可能已经不见了,我从爱尔兰到中国的旅行中坐过的船,现在可能已经沉在海底,成了美人鱼的家。但我还记得那艘船和塔楼。我可以把它们织进桌布里,让它们永远留下来。女士们会很喜欢的。她们很特别,小家伙。我觉得她们天生就知道什么是美好、和平和满足。"

"来，我们出去走走吧。"这样更好，小蓝猫对听关于女士们的故事早就不太感兴趣了。

"我要为她们织桌布，小家伙，"织布工边走出门边说，"所以我得把她们熟悉和喜爱的东西都织进去。"

那天早上，约翰·吉尔罗伊画了很多图案，小蓝猫在旁边看着他工作，高兴地摇着尾巴。

"这是老雷明顿酒馆，"织布工说，"我要把它绘制在布料上。它的样子很简单，屋顶很低，我在爱尔兰见过类似的房子。人们在这里谈论自由，然后离开这家酒馆，去实现他们说过的话。在未来，人们用这块桌布的时候，看到老酒馆会想起那些没有用枪和弹药就夺取堡垒的英雄事迹。知道城堡镇故事的人会告诉你，塞缪尔·比奇是怎么跨过山丘、穿过山谷、步行六十英里①到这家酒馆召集人们的。六十英里，小家伙，那真的很远。在那个时候，马萨诸塞的一个人骑着马在夜里叫人们为自由而战。但在佛蒙特州，这个人是一步一步走来的。这也值得被记住。"

---

① 英里，英美制长度单位，1 英里 =1609.34 米。

"喵！喵！"小蓝猫附和着说。

"这里是佛蒙特州的第一所医学院。他们说它很快就要关门了。但它会永远出现在桌布上。"织布工也画了鞋匠的店铺和村庄绿地上的老教堂。

"他们很快要建一座新教堂了，"织布工解释说，"虽然那座新建的教堂看起来不怎么样。对城堡镇的人来说，老教堂非常重要。所以它也会出现在桌布上。"

"喵！"小蓝猫附和着说。

然后他们回到了织布工的店里。

织机上满是黑白相间的布，看起来不太好看。"这是给阿鲁纳的羊毛布，"织布工说，"他就喜欢这种颜色。能织亚麻布真是太好了，忘记那个人吧，这才真是一种享受。"

他把做了一半的羊毛布从织机上剪下来，把布料和线堆在房间的一角。小猫发现这堆东西很软很舒服，满意地蜷缩在上面，唱起他的歌。

约翰·吉尔罗伊开始唱一首歌，随着他的手在布上画出图案，随着脚踏板的声音，还有织机里梭子紧密敲打的声音。这首歌还不是关于河流的——至少现在还不是。小蓝猫记得，伊比尼泽·索斯梅德花了一段时间才学会了这首歌，尽管他之前就听过。

梭子在布上来回穿梭，编织出线条，三根线交叉，然后是两根。
现在这里有了一个尖尖的塔楼，让大家都能记住它。
唱得好，河流说，唱得好。
亚麻线交错着，织机梭子快速移动，有时会打个结，但线条被紧紧压下。

有些东西能穿越四季留存下来，昨天的记忆被我编织的线紧紧抓住，昨天藏在小猫的歌声里，昨天的美好由我们一手织造。

唱得好，河流说，唱得好。

有时候，河流之歌会悄悄地融入织布工的歌中，这时候，小蓝猫觉得约翰·吉尔罗伊一定在学习新的东西。但有时候，他好像完全忘记了河流之歌，小蓝猫感到有点儿失落。然后有一天早上，小蓝猫感到了一丝安慰，因为织布工张开口唱起了河流之歌，虽然有点儿犹豫，但确实是完整的一句歌词。

从过去的歌声中，走向未来，唱出你的歌。

织布工告诉小蓝猫，等他织完这块布后，他会再织一块。"到时候，小猫咪，我要把所有的美丽、快乐，还有我对过去的回忆和对未来的梦想，全部编织进去。"那天早晨，约翰·吉尔罗伊唱的歌里加入了新的词汇。从他的表情中，小蓝猫能感觉到一种特别的东西，这让他确信，织布工很快——只需要几分钟——就会唱起河流之歌。看着织布工脸上的光芒越来越亮，小蓝猫知道，他即将唱出那首歌。

我坐在这儿织啊织，
亚麻线快速穿过——
咚咚咚咚，我坐在这儿织梦想，

从我们的小镇到遥远的中国，

咚咚咚咚。

但就在约翰·吉尔罗伊准备唱出"唱出你的歌……"的那一刻，突然有马蹄声急速接近，然后在他的门前突然停下。接着是清脆的敲门声。

躺在一堆废弃羊毛布和纱线上的小蓝猫抬起头，看到织布工正在给第二块桌布的边缘做最后的处理，他的表情看起来很惊恐。

没等到织布工开门，那位骑马而来的人就自己闯了进来，大步走进屋里。这位高大的人手里拿着马鞭，身上的一切都显得很暗淡，给人一种压迫感。他的衣服、头发、胡须，甚至是眼睛都是深色的。他的周围似乎被一层阴影笼罩，连屋里的阳光都显得暗淡。小蓝猫虽然已经对人类了解很多了，但他从没见过这样的人。

"快点儿，吉尔罗伊，"那个人声音很大地说，"我来拿我订的布——我要的那种椒盐花纹的布。你本来应该送过来的，这样我就不用浪费时间来拿了。我需要用这布做一套新衣服，必须快点儿做，因为我有个重要的会议要穿它，我要和闪电快车签合同。"

快车？那是什么？小蓝猫心想。

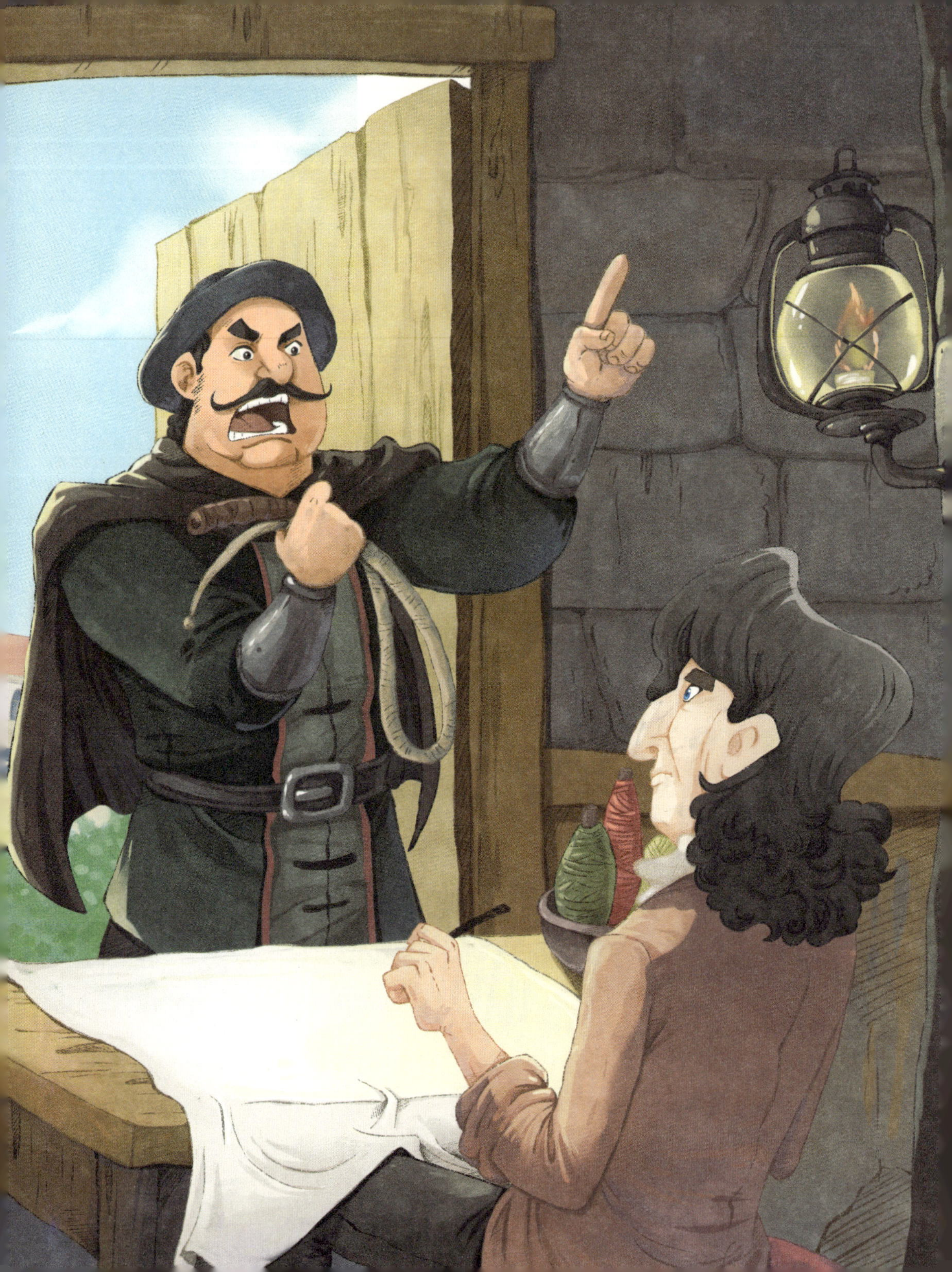

那个人说话的时候，好像很急似的，他放下了手里的鞭子，双手不停地动来动去，好像想在空中抓住什么特别重要的东西。通过这个人急切的样子，小蓝猫猜到。

"快点儿，"他又说，"布在哪儿？"

小蓝猫本能地躲在一堆被丢弃的羊毛布料下，只露出一只琥珀色的眼睛。这只眼睛惊奇地看到织布工在这个阴沉的人面前似乎变得更小、更害怕了，甚至脸上的线条也在变化，嘴角耷拉下来。他站在织布机前，好像想把布藏起来，不让这个人看到。

小蓝猫感觉得到，织布工很害怕这个人。就在他这么想的时候，他看到织布工的手开始抖动。

"快点儿，"那个人又催促说，"布在哪里？"

"但……但……"织布工开始说话了。

"你的意思是我的布还没织好？"那个人迫切地问，"你在干吗？"他拿起鞭子，指着织布机。

"我……我在唱我的歌，先生。"可怜的织布工回答说。

"唱你的歌？这是什么意思？"

"这些桌布，我织得很特别。看，它们是不是很适合国王呢？"

"胡说八道！"鞭子在空中抽响，织布工的身体一颤，而小蓝猫则躲得更深了，只留下一条细小的缝隙观察着房间。

"做得漂亮的东西赚不了多少钱。我愿意给你我之前说的两倍的钱，但是你得按时完成我要的椒盐花纹的布的订单。"

那个阴沉的人从口袋里拿出一些金币，随手扔在织好的布上。

"你得为我——阿鲁纳·海德工作！"他说。

阿鲁纳·海德，那是河流告诉过他的一个名字。这下轮到小蓝猫感到害怕了。无论如何，他都不会靠近这个人，不管河流有没有提到过他。绝对不想！

但织布工开始捡起金币，对着那个阴沉的人低头认错了。"是的，先生，"他说，"我会做好的。"小蓝猫觉得，他看起来真的很害怕。不只是他的肩膀耷拉下来，他看起来的确变小了，连脸上的表情也变了。"很快就会做好，先生，"他说，"我会加快速度的。"

阿鲁纳·海德离开后，他带来的阴暗感似乎还留在织布工的小屋里。最后，织布工终于慢慢地，但很坚定地说话了，好像还被阿鲁纳话语中的阴影缠绕着。

"我希望做完这些后能做桌布，只是我一个愚蠢的梦想。阿鲁纳说梦想是胡说八道，金子才是真的闪光。"

"唱出你心里的歌。"小蓝猫满怀希望地说。

但是织布工打开了门，把小蓝猫放到外面。"你现在必须走了，小蓝猫，"他说，"我没时间听你唱歌。"小蓝猫在织布工的门牌下停留了很久，看着紧闭的门。他感到心灰意冷。难道说，他真的只是一只普通的小猫吗？

织布工
约翰·吉尔罗伊

第五章

阿鲁纳·海德与黑暗魔咒

当小蓝猫和锡匠及织布工在城堡镇的时候，他偶尔会听到外面有很大的动静。原来那些声音是由四匹甚至六匹马拉着的大马车发出的。这些马儿都紧咬着嘴里的嚼子，因为马车夫不停地用鞭子抽打它们的侧身，还用急促的呼喊和叫骂来让它们跑得更快。快点儿！再快点儿！

小蓝猫自己从来没有这么快地跑过，所以他不明白为什么要这么匆忙。他妈妈的教诲和河流的歌声都没有告诉他为什么要这么急。猫咪只是为了抓老鼠才会跑得快。但他知道，他妈妈在这方面对它的教育有点儿不够。

不过，小蓝猫还是明白，那些飞快的马蹄对一只小猫来说可能很危险，即使是对特别的小猫也是一样的——因为他一定是特别的。他觉得聪明的做法是走在路的最边上。所以，虽然他还没决定去哪里找个温暖的地方，或者向谁求助，他还是很平静地沿着沟渠开始

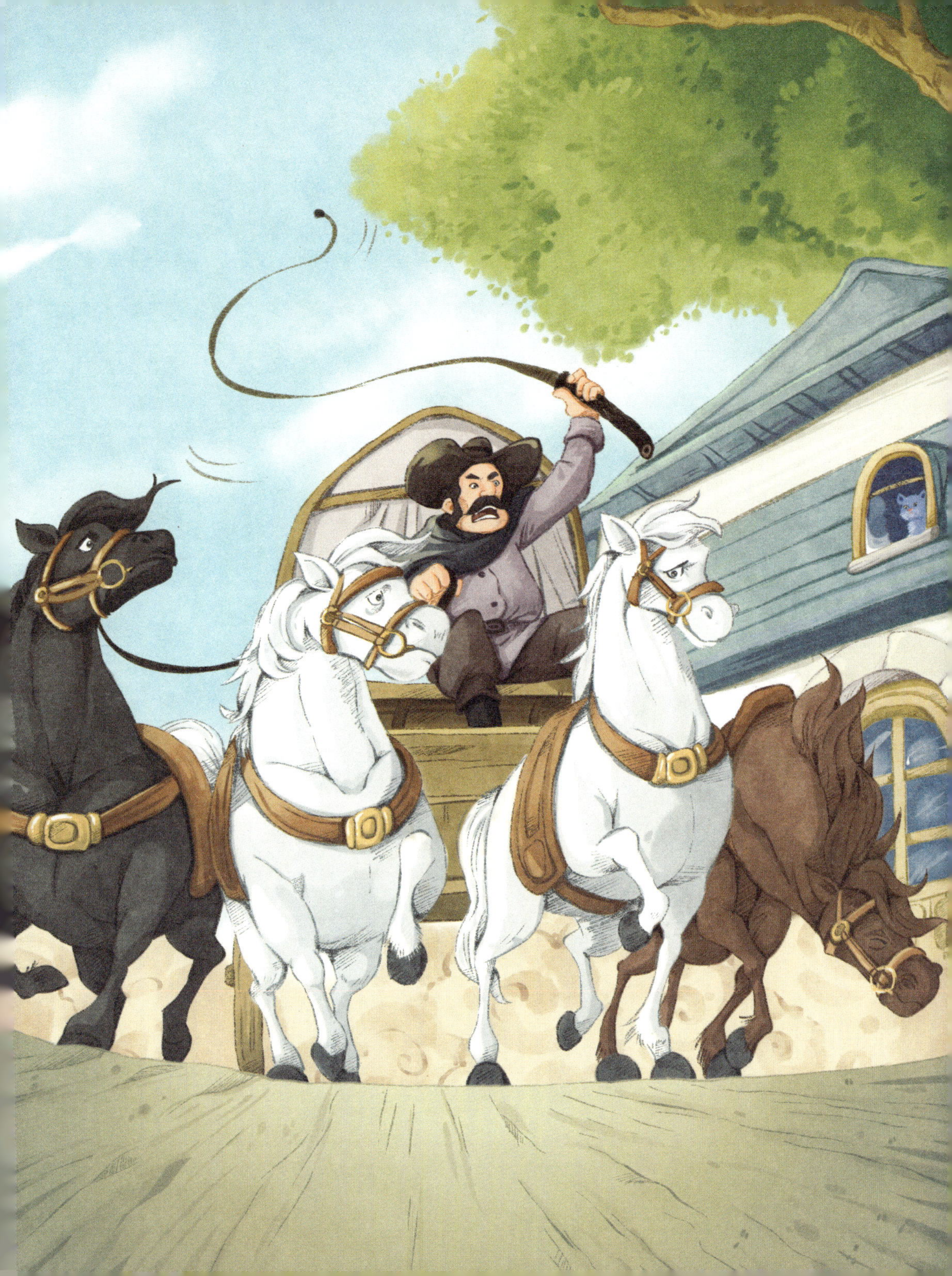

了他的旅程。当然，他记得河流说过的下一个名字是阿鲁纳·海德，但他已经决定不去那里，不管河流有没有说过这个名字。

但他刚走没几步，就听到身后有巨大的动静，是马车的声音、马蹄的重击声，还有鞭子的"啪啪"声。小蓝猫蜷缩在沟渠里，当第一匹马飞驰而过时，一股尘土和一阵石子雨撒在了他身上。绝望中，他跳向路边的一块石头寻找安全。

之后，他也分不清自己是不是真的跳到了石头上，还是有人从马车上伸出细长的手在空中抓住了他。小蓝猫发现自己在半空中快速上升，这种速度是他之前未感受过的——最后，伴随着一声重响，他气喘吁吁但安全地落在了一个软垫子上。是谁？发生了什么？一个自豪的声音在他耳边响起。

"告诉你，除了阿鲁纳·海德，没人能这么快！现在向前——"那人对着马儿大声喊，"直奔庄园大宅。我们必须比昨天快三秒。更快，快……"他细长的鞭子又开始抽打马匹的两侧。

小蓝猫看着路边的景色像闪电一样掠过。他本想跳出去，但不敢冒险。因此，他蜷缩在座位上，似乎被阿鲁纳·海德的黑暗魔咒所笼罩。他感到害怕，就像织布工曾经感到的那样。

但他的记忆和希望帮助了他。河流肯定提到过这个人。也许，河流知道阿鲁纳家里有一个适合小蓝猫的温暖地方。阿鲁纳·海德是个重要人物，这是肯定的，织布工也对他非常尊敬。

就在那时，从小蓝猫深深的记忆中浮现出一个几乎被遗忘的细节。他承认，当河流告诉他关于阿鲁纳的事时，他有点儿打瞌睡了。但他在睡梦中也梦到了一些东西。从那个梦——他也不确定是不是梦——中听到的警告。即使在现在，他的左耳似乎也在为河流的警告而微微抽动。

"要当心一个叫阿鲁纳·海德的人，永远不要对他唱你的歌！"

这样的记忆听起来有点儿愚蠢。如果不是为了唱出自己的歌，他又何必来到城堡镇呢？

"唱出你的歌。"小蓝猫开始说。他的声音不是很大，因为尘土让他快要打喷嚏了，连他的牙齿也觉得沙沙的。

鞭子啪啪作响，狠狠地打在马儿光滑的身体上。"快点儿！再快一点儿！我们只有一分钟了，"阿鲁纳大声喊着，"昨天的纪录——我们得打破它。必须打破！"他又用鞭子打了马儿一下，一边紧盯着手表。他知道自己必须更快。他一定要做到！

"唱出你的歌。"小蓝猫勇敢地叫着。

"我在唱呢,"阿鲁纳咬紧牙关回答,"更快!再快一点儿!"随着鞭子的再次抽打,小蓝猫和马儿都紧张地颤抖着,而阿鲁纳大声地呼喊着。

"城堡镇将成为宇宙的中心。而我将是城堡镇的主宰!"

小蓝猫还没开始唱他的第二句歌,他们已经停在了一座非常壮观的建筑前。阳光下,建筑的正面闪着洁白的光芒,因为它是用大理石建造的。一排高大的白柱子立在前面,直冲天空。

这和他以前见过的房子完全不同。小蓝猫也被震撼了。他决定,至少要去看看里面的壁炉。他从软垫上跳下来,用前爪轻轻触摸一根白柱子。

"阿嚏!"他不满地打了个喷嚏,白色的粉末弄得他满身都是。他不知道这些柱子只是外面包了一层石膏,并不像地板上的石头那样坚硬。他只知道这一早上已经有够多的尘土了,他已经打了够多的喷嚏了。

阿鲁纳又把他抱起来,"好猫咪,乖猫咪,"他安慰地说,"来我的大房子吧。你将从银碗里喝到最浓的奶油,直到……"这对小蓝

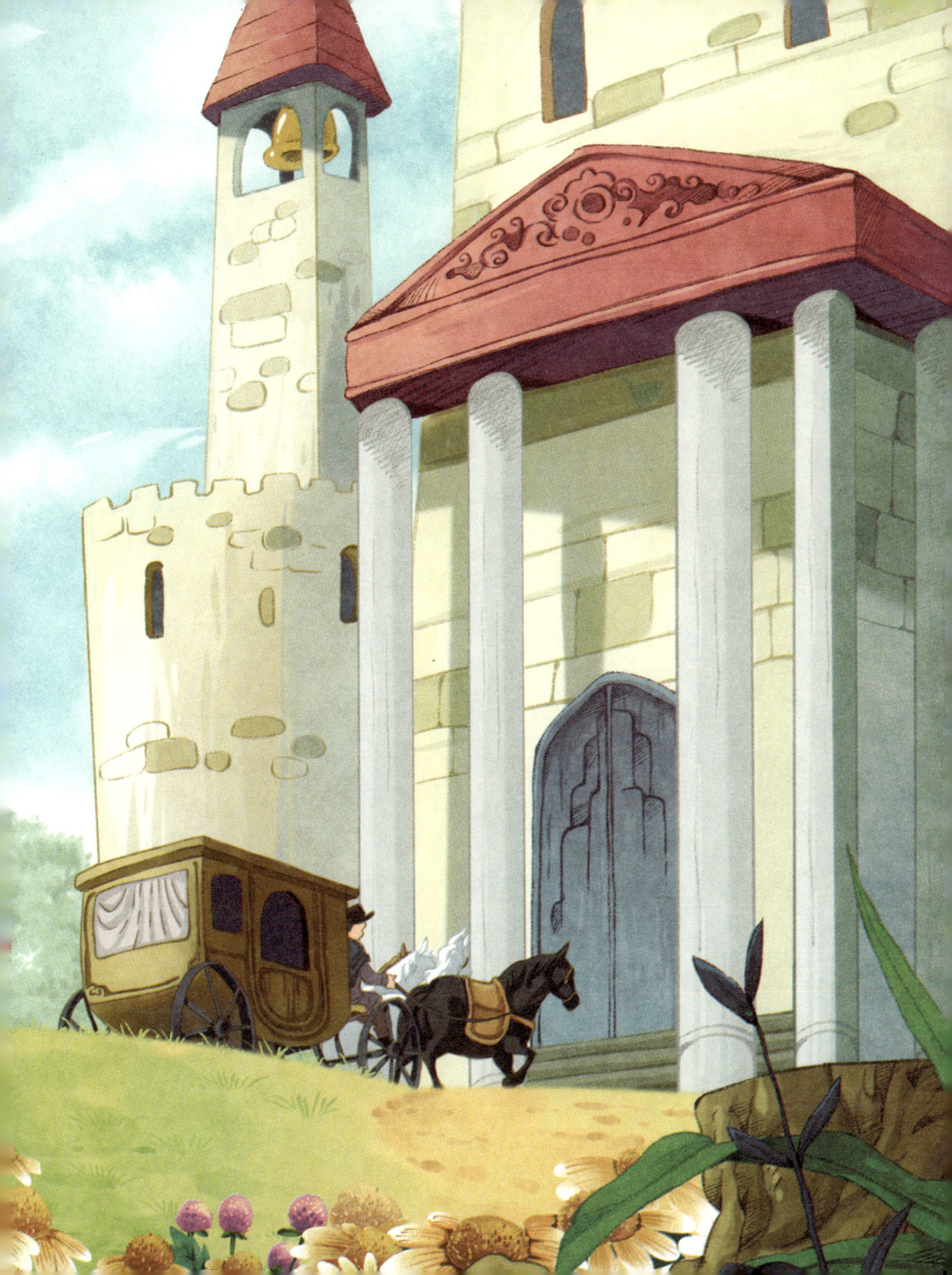

猫来说大概是好事，他没看到男人眼里的光芒，也没看到他嘴角那一抹诡异的微笑。

男人的声音虽然有点儿奇怪，但他说的是欢迎的话，所以小蓝猫带着希望开始提出他的愿望。"我希望能住在一个温暖的地方。"他喵喵叫着。尽管他这么说，但他内心深处又一次感到警告——他忘记了以前听到的河流说的要小心谨慎的话。这一次，他的左耳明显地抽动了一下。"小心阿鲁纳！注意，小蓝猫，你们拥有的魔法是不同的。"

阿鲁纳·海德正拿着一个银碗——他说是银的，但其实只是便宜的金属——放在小蓝猫面前。碗里装满了黄色的奶油，奶油又浓又香。小蓝猫喝完后觉得自己重了不少。他感觉很舒服——坐在大壁炉旁边时，感到有点儿迟钝，尽管自己在这里可能会被踩到，但他还是好奇地等着看接下来会发生什么。

小蓝猫很快就发现，住在这个大房子里面是一件非常有趣的事情。他看到一辆又一辆的马车停下来，累得直喘气的马儿身上都是湿漉漉的，还留有被鞭子抽打过的痕迹。

每当马车带来人，他们就会被迅速地引到桌子旁，享用热腾腾的苹果酒和白兰地。"快点儿！快点儿！"阿鲁纳不停催促着端着热饮的女士们。"快点儿！快点儿！"他对喝着热饮的客人们说。紧接着，急促的号角声响起，客人们匆匆离开。整天，马车来来往往，客人们不停地进出这个大房子。

阿鲁纳忙个不停，他一会儿在这里，一会儿又在那里，忙着准备马匹，急着要把信件送往北方，因为北行的马车已经晚了五分钟。"我们晚了！我们晚了！"阿鲁纳焦急地挥动着手臂，好像快要哭了似的，不停地说："我们晚了！我们晚了！"

因为客人们把他从壁炉边挤开了，阿鲁纳把小蓝猫抱起来。他有时会不小心踩到小蓝猫的尾巴，或者不小心用靴子踢了踢小蓝猫，但他还是经常给小蓝猫喂食。那些浓郁的黄色奶油放在一个看起来像银碗的金属碗里，虽然阿鲁纳总说那是真的银碗。还有装满美味的鲑鱼和堆满鸡肉的盘子。小蓝猫慢慢长大，几乎每天都会重一点点。他因为吃得太好，有时候眼神会显得有点儿呆呆的。他变得又胖又懒。

偶尔，阿鲁纳会放下手中的事来抱抱小蓝猫。有一天，他突然说："哎呀，小蓝猫，你长得真快。等你长大了，你会变得更胖。到那时候，你对我可就很有用了。"

小蓝猫不太喜欢他这么说，感觉这话里有点儿威胁的意味。他

想起了一个词——不祥！是的，就是这种感觉。不祥！小蓝猫决定，是时候教阿鲁纳那首歌了。他一直没教，因为阿鲁纳太忙了。而且他自己也很忙，忙着喝奶油，吃鲑鱼和鸡肉。但现在阿鲁纳终于停下来欣赏他了，蓝猫决定是时候行动了。

"呼噜。"小蓝猫开始唱歌。他尽量让自己的声音大些，唱出那首歌，从昨天唱到明天。然后他用最动听的声音说："唱出你的歌。"就在这时，阿鲁纳打断了他。

"我已经唱了，我唱的是我的歌，"阿鲁纳骄傲地说,"我敢说,在城堡镇,没有人能唱得比我更好、更快、更响亮。因为,还有谁能做到我做过的事情?还有谁会被记住,像我阿鲁纳·海德一样?

"当我刚来这个镇上的时候,我只是一个没有钱的小孩,靠亲戚养活。我帮人扫地,不管是谁的地我都扫。我在店里做小工,听人差遣。但我很努力工作,我是多么努力啊,我省吃俭用。我存下每一分钱,直到买下了那家店。我,阿鲁纳,成了一个商人,成了一个店主。那时候,人们开始对我鞠躬。我买下了越来越多的东西,我变得富有。我拥有了黄金,我拥有了权力。我有了磨坊,我有了

采石场。我雇了木匠,他们为我建造了学校。人们对我更加尊敬了。我是项目发起人,还是建筑师——至少我出了钱……"

"我,我,我!"小蓝猫高声说,"听我说啊!我是一只特别的小蓝猫,最特别的那种。我……"

"而我呢,"阿鲁纳说,"我是阿鲁纳·海德。你只是一只长得有点儿奇怪的小猫,长大后也是一只奇怪的猫。现在,听我说。我要和闪电快车签合同,这样,来来往往的车次就会多一倍。然后我会让我们的城堡镇变得非常有名。我会让它成为佛蒙特州的中心,甚至成为整个宇宙的中心。"

"这些我以前都听过。"小蓝猫插嘴说。

但阿鲁纳不理他,继续说:

"我修建了新的街道。我建了房子和商店。我建了这座大宅子。还有,小蓝猫,听,那马蹄声——越来越快。"

来自萨德伯里、米德尔伯里的马,
奔向伯灵顿、伍德斯托克,
还有汉诺威,
听那马蹄声急促地敲击,

听到鞭子啪啪作响,

越来越快,

一直加速,

在尚普兰湖边,

向提康德罗加和乔治湖奔去,

向圣约翰斯和蒙特利尔前进,

蹄声在奥尔巴尼回响,

驶往纽约及其市中心的街道。

那些马是我的,那些驿站也是我的,

在华盛顿,人们谈论着我,阿鲁纳·海德,

我是一股不可小觑的力量,

黄金从我的手中流出,

而城堡镇就是宇宙的中心,

而我,我,阿鲁纳·海德,就是……

"喵呜!哎哟!"小蓝猫大叫,他几乎已经长成一只大蓝猫了,"拜托,停下来吧,朋友。我听说,或者是我做了个梦,很久以前,我们的城堡镇被一种黑暗魔咒笼罩。现在我知道了,是你在施那个魔咒,而且这个魔咒已经控制了你。所以,请,阿鲁纳·海德,为了你自己,也为了我们大家,停下来吧!"

但阿鲁纳没有理他，继续说："我有个磨坊，还有个采石场。我用我自己的大理石装饰我的房屋，用我自己的石板做屋顶。"

"用你的生活创造美好。"小蓝猫大声唱道，他决心要被听见。毕竟，这是他的歌，他的魔法才是最重要的。

"我用我的双手清点黄金。"阿鲁纳大声反驳。

"财富会消失，权力会消逝，但美好永存。"小蓝猫吼叫道，他此时已经长得又大又胖。

"那完全是胡说八道。"阿鲁纳大声说。

"做值得做的事，做好它。"小蓝猫继续唱。

"要快，"阿鲁纳说，"要精确，要完整，每一行都要优雅真实。"

"线条不重要，要看起来好。"阿鲁纳说，"在橱窗里放些新奇的东西，比如一只胖蓝猫。这样就会有更多旅行者来到大宅子。'大宅子'是个好名字，蓝猫。你现在已经是一只成年猫了，我应该这么叫你了。'酒馆'听起来太平凡了。"

"时间是塑造者，时间是编织者，是雕刻师，时间和工匠一起创作。"

从来没有一只猫像蓝猫那样大声地唱过。他现在是一只成年猫了，他的声音变得出奇的低沉、浑厚。当歌曲结束时，他抬起头，像打了胜仗似的吼叫："而且，我不会留在你的破宅子的橱窗里，阿鲁纳·海德！永远不会！"

"如果你被锯末填满成为标本，那时你就会了！"阿鲁纳得意扬扬地说，"你现在已经够胖了！"他伸手去抓蓝猫。

蓝猫挣扎。他抓，咬，再抓。他继续抓，继续咬，继续抓。但因为他的确很胖，所以呼吸开始急促，他快要输掉这场斗争了。

就在这时——一辆马车突然在门口停下。阿鲁纳不得不去开门。但就在他冲过去的时候，他还紧紧地抓着蓝猫的尾巴。

在最后一刻，蓝猫用力挣脱了阿鲁纳的手。当门打开时，蓝猫冲了出去，只留下几根尾巴上的毛在阿鲁纳的手中。但是，几根毛又怎样呢？它们比不上一只猫的生命。

蓝猫远离了大宅子，一直向前奔跑。他一直跑，回到了他来时的路上。即使阿鲁纳的马也没像蓝猫现在这样奔跑得这么快。至少他从阿鲁纳那里学到了速度的重要性。他正奔向他出生的草地。他跑过皮匠店，经过老酒馆，经过织布工约翰·吉尔罗伊的店铺，还跑过了村庄广场和锡匠伊比尼泽·索斯梅德的店铺。蓝猫一直跑，一直跑，每跑一步心情都变得更轻松，身体变得更轻盈。

当他累得喘不过气来时，他躲在了一棵桑树下面思考。尽管阿鲁纳·海德差点儿就要用奶油和锯末把他填满，蓝猫还是感觉这个人有点儿可怜。

速度、金钱和权力。这是阿鲁纳的魔咒，它比他对马的驱赶还要强烈。这是遍布城堡镇的黑暗魔咒。

"我觉得河流告诉过我，这个魔咒最终会打败他，"蓝猫伤心地说，"我当时差不多要睡着了，但我还是听到了。我肯定听到了。好可怜的阿鲁纳！"他叹了口气，"好可怜的人啊！"

他那漂亮的琥珀色眼睛里滚出了两滴晶莹的泪珠，一滴为阿鲁纳，另一滴是为了那些他永远无法再享受的美味——浓郁的黄色奶油、美味的鲑鱼，还有堆得高高的鸡肉。

整个山谷里突然响起一阵长长的、悲伤的声音，回荡着，比任何野生鸟叫都要大声，更加令人害怕。从鸟山到波莫森湖，哀号声不断地回响。

蓝猫被这声音吓了一大跳，因为他从来没有听过这样的声音。

他感到累极了,还有点儿恶心,真的很不舒服。他的脑海里一片混乱,就像那些黄色奶油倒进阿鲁纳的廉价金属碗里时搅动起的漩涡。他猜想,那声音可能是来自未来的某种警告。蓝猫记得妈妈说过,出生在蓝月之下的蓝猫,能听到其他猫听不到的声音。

他越想越难过。难道阿鲁纳在他离开之前下了毒?在他找到真正适合他的家之前就中毒,那该有多可怕啊!

他希望自己是一只普通的猫。他的尾巴尖有点儿疼,他记得自己尾巴上的毛留在了阿鲁纳的手里。他躺在桑树下，感到越来越难过。他多么希望自己只是一只普通的猫，不用这么辛苦地寻找一个家。只想当一只普通的猫！这是他的最后一个念头。但蓝猫闭着眼睛躺在那里，并不知道，随着他尾巴尖上三根黑毛的丢失，他失去了变成一只普通猫的最后机会。无论怎样，他都是那只特别的蓝猫。他将永远是那只独一无二的蓝猫，直到生命的终点。他真的很特别，是一只真正了不起的猫。他是城堡镇的蓝猫！

第六章

西尔瓦纳斯·格恩西的谷仓猫

蓝猫终于睁开眼睛，他坐了起来，四处看了看，感觉自己好像在桑树下躺了很久。他开始想：我当时在做什么……

但他只记得自己正往某个地方飞快地跑，就像在赛跑一样——他也不清楚目的地是哪里。

他试着动了动身体，尽管每块肌肉和骨头都在痛，他还是勉强走到了桑树的另一边。那里有一条小路，从主路上拐弯，一直通向

山上。小路转角处，有烟雾从烟囱里升起，消散在红色和金色相间的枫叶中。他还能隐约看到一座房子，透过稀疏的樱桃树和赤杨灌木丛露出灰色的身影。这条小路看起来好像很熟悉，蓝猫想，或许他正要去那里。

下定决心后，他站起来，摇摇晃晃地穿过主路，开始沿着那条小路往上走。他一路上不停地停下来休息，头和尾巴都耷拉着。但当他转过弯时，他又抬起了头。这时，他看到一只黄色的虎斑猫站在一座小而简朴的房子旁的谷仓门口。那只虎斑猫停下梳理毛发，看着他。她看起来很普通，但又有点儿眼熟。蓝猫看着她时，她友好地喵喵叫了两声。蓝猫想回应，但他太虚弱了。小路两旁的景象——褪色的黄色菊花和落下的豆荚——似乎在他周围旋转。蓝猫颤抖了两下，然后就一头倒在了小路上的尘土中。

当蓝猫再次睁开眼睛，他发现自己蜷缩在一个舒适的巢中，巢里铺满了干燥的三叶草、安乐草和菊苣叶，巢位于一个干草棚的一角。他听到牛在牛栏里移动、啃食干草的声音。几只母鸡在轻声地叫着。一缕阳光透过灰尘覆盖的小窗户温暖地照在他身上。角落里，一只蜘蛛正在织网。

干草散发出甜美的香气。这个地方充满了美好、和平和满足感。但蓝猫感受不到这些，因为他的肚子空空如也，非常饿。肚子饿的时候，谁也看不到美好，感受不到平静，更不用说满足了。

就在这时，那只虎斑猫轻轻地走过干草堆，嘴里叼着一只肥美的老鼠，发出友好的喵喵声。看到蓝猫饥饿的眼神，她匆匆忙忙地走过来，摇着尾巴，把老鼠放在他面前。然后，她侧着头，退后一点儿，观察着。

蓝猫吃完老鼠后，满意地咕噜咕噜叫着，说："哇，这顿早餐真是国王也配不上呢！"

虎斑猫听了，有点儿惊讶地说："哎呀，我从来没听过这样的事。作为一只谷仓猫，有很多事我都不知道。如果我像你一样是一只蓝猫，可能就不一样了。你是不是国王啊？"

这话让蓝猫感到自己非常特别，虽然他和谷仓猫一样，对国王的事情一窍不通。但听起来，这似乎是件很重要的事。

"我是蓝猫，"他骄傲地说，"我记得那首歌——那首歌——哎，我到底记得什么歌呢？"

谷仓猫摇了摇头说："我唱我的歌，猎手之歌。我是这个镇上捕鼠最厉害的猫。我梦想着有一天能抓到更多的老鼠！"

蓝猫惊奇地说："唱自己的歌，这很重要！这是一个开始。但剩下的歌是怎么唱的呢？我该怎么办？"

谷仓猫说："等你变得更强壮再说吧。"说完，她领着蓝猫走向

牛奶碗，那个碗放在马厩的一个角落里。

"这儿每晚都会有新鲜牛奶，"谷仓猫说，"昨晚是西尔瓦纳斯先生倒的，今晚会轮到他的女儿泽鲁亚来倒。冬天的时候，西尔瓦纳斯先生会去别的地方工作，直到春天才回来。他喜欢做纺车，虽然现在很少有人买纺车了。泽鲁亚这个冬天会很寂寞，因为她妈妈去世了。

"而且，泽鲁亚似乎不太喜欢做任何

事，但她还是会照顾我们这些谷仓里的动物。她不怎么和我们玩，也不怎么和别人玩。她看起来有点儿不开心，大概是没人和她做朋友吧。"

就在这时，泽鲁亚提着挤奶桶走进了谷仓。

蓝猫惊讶地摇了摇头："喵！喵！"他记得，他小时候曾坐在这个女孩的家门口，那些遥远的日子，他第一次尝试唱歌——那首歌……哎呀，他怎么也想不起来了！如果他想不起来，会发生什么呢？因为他是一只蓝猫，他本该成功地做什么呢？

日子一天天过去，蓝猫一直在想这些问题。树叶慢慢落下，最后的花朵也凋谢了，树木失去了它们鲜艳的颜色，草地变得暗淡，鸟儿飞往南方。

风在呼啸，然后雪花开始飘落，越来越多，覆盖了谷仓的窗户，当泽鲁亚带着挤奶桶进来的时候，雪花飞进了谷仓里。

天气虽然很冷，但动物们感觉很温暖。奶牛悠闲地吃着草，鸡舍里传来温暖的声音，羊群也发出友好的叫声。现在，蓝猫的毛皮已经长得非常厚实了。每天，它或者在干草上走来走去，或者蜷缩在温暖的巢穴里，那里有谷仓猫给他带来的老鼠和泽鲁亚倒的牛奶。有时候，他会忘记那首歌，也忘记了他有一个任务要完成。

他听着谷仓猫谈论泽鲁亚，自己也开始担心这个孤单的女孩。这很奇怪，因为在之前，他只关心自己。

他提醒自己，要感激泽鲁亚，更要感激谷仓猫。"我怎么才能报答你们呢？"他不止一次地问谷仓猫，"我连老鼠都抓不到。"

抓老鼠是他妈妈没教他的。他在心里解释着，不是妈妈的错，只是因为那时候他还小,还有很多其他事要学。

"我明白了,"谷仓猫礼貌地说,"那些事是什么呢?""学唱那首歌……嗯,我忘了的那首歌,"蓝猫解释说。他的声音听起来好像要哭了,谷仓猫以为他又饿了,就又去抓了一只老鼠给他。

那个冬天,蓝猫开始记起一些事情。他确实记得自己在一个叫作城堡镇的地方寻找一个能听懂他唱歌的人,这对他来说很重要,因为如果他能找到会唱这首歌的人,那他就能有个温暖的地方睡觉了。还有,这首歌对城堡镇本身也很重要。一个叫阿鲁纳·海德的人也和这件事有关。

想到阿鲁纳,蓝猫又想起了伊比尼泽·索斯梅德和约翰·吉尔罗伊。他慢慢地把记忆拼凑起来,直到他几乎记起了自己一生的故事,除了那首他曾经很自豪地唱过的歌。那首歌……那首歌……

最后,蓝猫深深叹了口气。他觉得自己再也想不起那首歌了。他肯定是在城堡镇的某个地方遗失了它,那时他正急急忙忙地从阿鲁纳那里逃走。一束阳光从头顶的小窗户射进来,带来春天的温暖。在草垛的另一边,两只黄色的小猫在叫着他们的妈妈。蓝猫走过去看了看,他们圆滚滚的,耳朵竖起来,尾巴尖尖的,看起来很像谷仓猫。

"对于小猫来说，他们长得还算不错。"蓝猫想着，没意识到自己是大声说出来的。

"还算不错？"谷仓猫说，她突然从横梁上跳下来，挤开了蓝猫，"哼，这些可是佛蒙特州最可爱、最漂亮的小猫了！"

"哦！"蓝猫说着，走开了。这次，他小声嘀咕："你真不懂欣赏，谷仓猫。"

他独自爬上最远的草垛，躺下来眨眼，感觉有点儿孤单。就在这时，一束阳光照在他身上。

阳光真的带着春天的气息。春天到来的时候，一只蓝猫怎么能就这样安静地待在谷仓里呢？而且，他很快就会给谷仓猫带来麻烦。谷仓猫怎么可能喂饱四个小生命的肚子呢？蓝猫记得，他的妈妈曾经说过，就算是照顾两个小生命都很困难了。

蓝猫一旦决定了什么，他妈妈都知道没人能让他改变主意。所以，他迫不及待地跑去告诉谷仓猫他的新计划。"虽然现在还没到春天，但春天很快就会到了，"他兴奋地说，"我觉得我最好现在就开始我的冒险。毕竟，我还有好多事要做。"然后，他感激地对谷仓猫说了一大堆感谢的话。"总有一天，"他坚定地说，"我会回来，感谢你和泽鲁亚。"

"你打算去哪里呢？"谷仓猫好奇地问，"你要做什么？"

"我要去找那首歌，"他自信地回答，"它一定藏在城堡镇的某个角落。我相信只要我不停地寻找，总能找到它。我能感觉到这一点。"

"毕竟，你的确是一只特别的蓝猫。"谷仓猫说。

蓝猫低下头，有点儿难过："我知道我是蓝色的。但我想，我只是一只普通的猫，甚至连抓老鼠都不在行。不过不管那首歌在哪里，我都必须找到它，唱出它。我对此深信不疑。"

谷仓猫围着他转，帮他整理胡须，甚至还帮他清洗耳朵。"粉红色的耳朵真配你的蓝色！"她赞赏地说。她还喜欢他那细长的白胡须，像小喷泉一样的眉毛，还有琥珀色的眼睛。她也称赞他胸脯上的皮毛，又软又白，那是良好饮食的功劳，整个冬天它都没有挨饿，从不缺少老鼠和牛奶。然后她仔细地打量了他一番。

"你身上连一根黑毛都没有，"她思索着说，似乎继承了所有猫妈妈的智慧，"你真是一只特别的猫！"

蓝猫虽然并不完全相信这些话——毕竟他知道谷仓猫对那些小猫的看法——他缓缓地从干草堆上爬下来，穿过几只在稻草里觅食的母鸡，走到了马厩门口。在那里，他推开了旋转的猫洞，走出了谷仓。

外面的积雪比他想象得要深。他小心翼翼地抬起一只脚，四处张望。到处都是一片银白。即使太阳高挂，这里的感觉也完全不同，一点儿也不像春天。一阵风吹过，像冰柱一样穿透他的蓝色皮毛。他颤抖了一下，把脚放下，打算转身进入猫洞。

但谷仓猫出来了，她满脸崇拜。"我来送你，"她说，"还要祝你好运。只有了不起的蓝猫才敢在这样的天气出发。"

"谢谢你，真的非常感谢。"蓝猫有点儿不好意思地说。不过，它说出这话到底是因为骄傲还是因为寒冷，他自己也说不清楚。

"我真希望你能找到那首歌。"谷仓猫说。

"那首歌,对,我一定会找到的。"蓝猫边说边颤抖。然后他小心翼翼地沿着泽鲁亚踩出来的小径出发。直到他走到路上,才再次回头望去,但他只看到自己在雪地上的脚印,形成了一条孤独的小径。

路上,雪橇的滑道构成一条平坦的路径,让他觉得走起来容易多了,太阳光照在身上也感觉更温暖了。过了一会儿,他甚至开始充满希望地呼噜呼噜叫。前往城堡镇的路上感觉真好。在那里,他肯定能找到那首歌,然后他的特殊任务就是找到那个将要学会它的人。或许每只猫都有自己的特殊任务,虽然他自己也不能确定是否变成了一只普通的猫,但无论如何,他的肩膀上承担着重要的使命,这一点他十分确定!

第七章

木匠托马斯·罗亚尔·戴克

蓝猫在风雪中回到城堡镇，急切地想找回他丢失的歌。他四处寻找，翻遍了每一个雪堆，但就是找不到那首歌的任何踪迹。天气冷得刺骨，蓝猫担心如果找不到那首歌，春天雪融后，那首歌就会永远消失了。

蓝猫焦急地在镇上来回寻找，耳边却充满了人们对于阿鲁纳·海德计划的兴奋讨论，他们梦想着城堡镇成为宇宙的中心。人们谈论着未来的财富和荣耀，有的人梦想成为银行家，有的人梦想成为政治家，还有的人梦想拥有最壮观的房子或是无尽的牲畜。可是，在这一切梦想和计划中，没有人注意到那只在寻找他丢失的歌的蓝猫。

最终，蓝猫感到绝望，他走到村边的一口井旁，坐在被太阳微微晒热的石头上。虽然周围还覆盖着雪，但井水源自不会结冰的深泉，蓝猫感激这一点儿温暖。他没有看井水中的倒影，也没有自我陶醉，只是静静地坐着，沉浸在丢失那首歌的悲伤和羞愧中。

就在这时，蓝猫身后的新教堂静静地矗立在绿地上。在他的冒险旅程中，每天都能看到那些忙碌的工人，他们的敲打声给了蓝猫一些安慰。但随着时间的流逝，工人们一个个离去，直到有一天，只剩下一个人走进了教堂，然后一切声音都消失了，取而代之的是一片寂静。

这种前所未有的寂静让好奇心强的蓝猫决定亲自去教堂里看看到底发生了什么。他小心翼翼地接近，几乎是蹑手蹑脚地走上台阶，一步步地，直到走进了教堂。

里面依然一片寂静。蓝猫小心地探着头，先露出鼻子，接下来是一只琥珀色的眼睛，然后又慢慢地探出一只粉红色的耳朵，最后，蓝猫把整个脑袋都探了进去。然后，他看到一个人独自坐在前排的长凳上，那个人正静静地望着前面的一个巨大而空旷的拱门。蓝猫意识到，这个拱门位于两扇门之间，而自己正站在其中一扇门旁。

蓝猫好奇地看向那个大拱门，虽然它只是个空空的门。但是，男人盯着它看，接着开始摇头，眉头紧皱，好像心里有很多疑问。他的棕色眼睛像刚翻过的泥土一样，满是困惑，嘴唇也紧紧闭着。他不时地抬起手——这双因为工作变得粗糙的手，在自己头发上来回抚摸，就像在摸一条河流——蓝猫这么想。想到"河流"，他的尾巴快乐地摇了摇，但就只是这样，没有带来其他记忆。

"喵？"蓝猫好奇地问。这个"喵"带着疑问。

男人低头对蓝猫微笑，好久没人对蓝猫微笑了。蓝猫立刻跳到男人的膝盖上，轻轻地蜷成一团，也转头去看那个拱门。然后他又看看男人，再次"喵"了一声。

男人轻抚蓝猫的头："我在想象我要在那里建的讲经台，蓝猫，"他解释道，"但是我能用两百五十美元[①]建什么样的讲经台呢？这些

[①] 美元，美制金钱单位。1 美元 ≈ 7.2 元人民币。

钱不够，而且这些钱里还包含我每天一美元半的工资。"

蓝猫想，又是钱的问题啊，就像阿鲁纳一样！但这个人每天只有一美元半。这个人还真是没赚到什么啊。阿鲁纳总是谈论成千上万美元，从不关心小钱。

男人和蓝猫仍坐在前排的长凳上，男人依旧看着拱门，蓝猫先是看拱门，然后又看男人。突然间，男人脸上的疑惑消失了，变成一种平静的快乐。他的眼睛因为只有他能看见的东西而闪闪发亮，嘴角也因为高兴而上扬。蓝猫被这一切感动了。也许，在这份寂静中，他能找到一些类似这个人找到的东西。也许在这里，他能找回他丢失的歌。

但突然，这份宁静被打破了，就像地上的一块破布被撕开，然后消失得无影无踪，就像蓝猫在秋天丢失的歌一样。门外传来了脚步声，有人在台阶上抖抖脚上的雪，清了清嗓子，门厅里响起了嘈杂的声音。四个男人通过另一扇门——蓝猫没走过的门——走了进来。

"啊，"这个男人说，"建筑委员会来了！"他小声说，"他们能有多大帮助啊！"他慢慢站起来，看起来不太期待这些客人。蓝猫注意到了，并决定站在男人这边。

"我们希望能尽快把教堂建好。"领头的人说。蓝猫对这个经常和阿鲁纳在一起的人并不陌生。

"你想好怎么建讲经台了吗?"他接着问。委员会的其他人点点头,对着空旷的空间皱眉。男人犹豫了。这时,委员会的其中一个人注意到了蓝猫,本来想用手杖打他,但是蓝猫旁边的男人迅速挡在了那个人面前。

就在这时,阿鲁纳的马车飞快地经过,马铃的声音、马车夫的咒骂声、鞭子的抽打声,还有一匹马因为被打在冻伤的皮肤上而发出的尖叫声,都在教堂里回响。建筑委员会的人要么看天花板,要么透过窗户看外面,没人敢看对方,每个人的眼神里都充满恐惧。

当最后一点儿声音消失后,委员会的人都看着那个空旷的拱门。"来吧,戴克,做个决定吧。"第

一个开口的人催促。

戴克，也就是刚刚保护了蓝猫的那个男人，静静地思考了一会儿，然后抬头说："我想为这座教堂打造佛蒙特州最美的讲经台。我能想象那讲经台的美——就像将森林的宁静安放在教堂中。当然，讲经台要用上好的松木，还有精心烘干抛光的野生黑樱桃木制成的栏杆，优雅地延伸……"

"我们已经在这座教堂上花费了太多，超出了预算。"一个人最先开口说话，他的双手紧握。

"一切都要办得合理和省钱。"另一个人说。

"对！要合理和省钱！特别是省钱！"建筑委员会的其他人也跟着说。

"但我梦想中的讲经台不只是好看的,它的存在能让我们感到宁静与满足,时刻提醒我们变得谦逊,从容地面对难过和失去,还能让我们的心灵像飞向天空的小鸟一样自由。"

"你说话的样子好像牧师呢,托马斯·戴克,"那个经常和阿鲁纳见面的人说,"但别忘了,你其实只是个木匠。"

蓝猫眨了眨眼,这句话在他的脑海里回响,"只是个木匠!"他必须找到一个木匠,因为这和他丢失的歌有关。他又眨了眨眼,但还是想不起来。

"你不该告诉委员会成员该怎么建教堂,或者花多少钱在讲经台上。"那个双手紧握的男人警告说。

"我按照委员会的要求建了教堂的其他部分,"木匠回答,"设计得和老教堂很像,这就是镇上引起争论的原因,也就是从那时候起人们开始在房子的建筑上省钱。结果老教堂没过多久就一点点坏了,一开始就建得不稳固。"

"这座教堂建得很结实。我亲手挑选、砍伐了每一棵树。教堂的墙壁格外坚固,会永远挺立。"木匠说。

"我能不能,"木匠几乎在乞求,"我能不能就这样做讲经台?让它完美地呈现在大家面前？"

"当然，只要你不超支两百五十美元。"

"你知道，你之前同意了这个价格。"

"如果你自己赚不到钱，那不是建筑委员会的问题。"

大家在快速地交谈。

"或许，"和阿鲁纳很亲近的那个人说，"你可以在材料上省点儿开支，比如用棕色油漆代替抛光木头。有什么不一样呢？"

"或者加长工作时间。"

"或者……"

"没关系，"木匠说，"我会找到办法的。"他说这话时，蓝猫看到木匠看起来更加高大和威严了。连建筑委员会成员也感觉到了变化。

第一个说话的人温和地插话："好的，戴克先生。"他的双手无力地垂在身边。另一个人拿起手杖，将围巾紧紧地裹在细长的脖子上，外套扣得严严实实。

建筑委员会成员离开了。但是最初吸引蓝猫的那种宁静已经不在教堂里了。

"我们回家吧。"这是蓝猫第一次收到这样的邀请,难怪他感到很自豪。他跟着木匠走,忘记了自己的劳累和饥饿,也暂时忘记了对丢失的歌的悲伤和失望。他只想着"我们回家吧"这句话。

他们沿着城堡镇宽阔的街道走,积雪在冬日的阳光下闪着光,他们一直走到镇中心,然后他们走上一条向南的小路。走着走着,蓝猫一不小心崴了脚,木匠弯下腰,把他抱起来,就像抱孩子一样,蓝猫被他抱得很舒服。

最后,他们停在一处院子前,院子外面围着白色栅栏,还有一个拱形大门,院子里覆盖着雪。院子中间是一座房子。房子的结构看起来很简单,但门廊的线条和白色栅栏完美匹配。木匠抚摸着蓝猫,"这是我为萨莉建的家,"他说,"我让它变得很美。"突然间,蓝猫看到了那座带有迎宾门廊的房子是多么美丽,他甚至只是看着就感到非常满足。

接着,门开了,萨莉站在门口——她的眼睛里有光芒,嘴角上扬,一群孩子在她周围欢跳。萨莉的裙子和她的眼睛一样蓝。她的头发像阳光一样散发着金色的光芒,脸周围有几缕顽皮的小卷发,

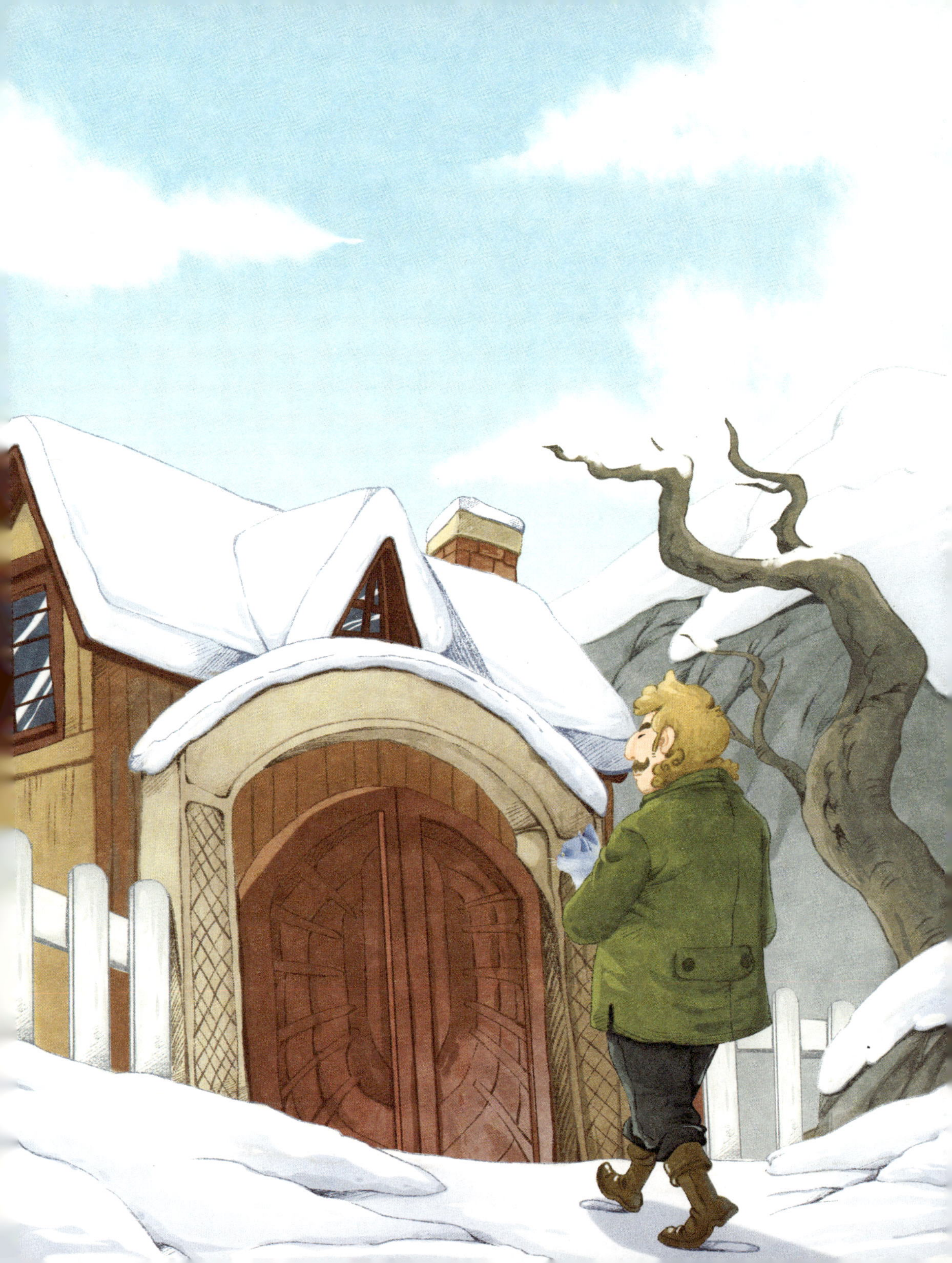

其他的头发被顺滑地拉回,扎成一个发髻垂在脖子后面。她身上的围裙崭新又洁白,手里拿着一束白色的缝纫线。

"萨莉,"木匠喊道,"我回来了,我有话要对你说。"

萨莉示意孩子们,他们一声欢呼就跑向了河流。那里的水冲破了冰层的覆盖,唱着欢快的新歌,急匆匆地流淌。

蓝猫舒服地坐在台阶上,他的耳朵竖起来,聚精会神地听着面前两个人的谈话。

"听听那条河流的声音,"木匠说,"它好像比以前响亮多了。再看看对面的草地。"他指向房子对面,风和阳光已经把雪吹散了,可以看到泥土中开始露出的绿色。草地一直延伸到远处,蓝色的山丘在天际线上消失。

"萨莉,你觉得上天在创造这片草地和山丘的时候,会计较成本,或者用便宜的材料吗?"他问,"他会偷懒少干几个小时吗?"

萨莉看起来有点儿困惑,然后她笑了:"不会的,托马斯·罗亚尔·戴克。"

当听到木匠的全名时,蓝猫的尾巴摇了摇。"他的父亲坚持叫他罗亚尔，"河流说，"那是皇室才用的名字。"

"为什么你要叫我罗亚尔？"木匠问。

"因为你眼睛里的神情让你看起来就像个国王，"萨莉温柔地说，"我爱你，罗亚尔，因为你总是让这个名字显得很荣耀。"

即使孩子们已经去河流那边玩了，萨莉也回到了屋里，蓝猫和托马斯·罗亚尔·戴克还坐在门廊下的石阶上。

木匠看着远处的草地，但蓝猫知道，他心里想的不只是草地，而是教堂里空旷的拱门。过了一会儿，木匠的脸上露出了温柔的表情，蓝猫知道他在想着萨莉。

木匠慢慢地开始唱歌，声音越来越自信。歌声就像河流在冬天的冰雪中自由流淌，就像青草渐渐长高，山丘展现出它永恒的力量。

唱出你的歌。
唱出你的歌。
从过去的歌声中，走向未来，
唱出你的歌。
用你的生活创造美好，
这就是那首歌。

财富会消失，权力会消逝，

但美好永存。

唱出你的歌。

做值得做的事，做好它。

唱出你的歌。

要精确，要完整，

每一行都要优雅真实。

时间是塑造者，时间是编织者，是雕刻师，

时间和工匠一起创作，

唱出你的歌。

唱得好，河流说，唱得好。

蓝猫挺直了身子，坐在门廊下的台阶上，和木匠肩并肩，感到歌声在他的耳朵里回响，让他的身体和尾巴都跟着颤动——那条蓝色的尾巴！

当蓝猫听到这首歌时，他的心灵有了回应，他突然明白了什么。这是他一直在寻找的歌！

这首歌从木匠的嘴里唱出，是河流的歌，是创造万物的歌，和世界一样古老。万物的创造者是最初的歌者。这是蓝猫必须唱的歌，直到他找到一个愿意听，愿意跟着唱的人。

这里有一个天生就会唱这首歌的人，他唱得很棒！蓝猫惊讶地看着木匠。

这是为什么？很快，蓝猫就有了答案。只有蓝猫才能把这首歌教给别人。偶尔有人知道这首歌，但只有蓝猫能传授它。这就是他来这里的任务！这是他的使命！这是他必须唱出的歌！

蓝猫因为兴奋而心跳加速。他伸展身体，从头到尾摆动，背部拱起，形成一个完美的弧形。当木匠再次唱起歌来，蓝猫也跟着唱，大声而自豪地唱着，直到萨莉被他们的歌声吸引，走到门口。

"萨莉！"木匠叫着，"我要做一个讲经台。我就是要做它。"

"好的。"萨莉答道。

"做这个讲经台,我可能拿不到钱。"

"没关系。我们很快就能种自己的蔬菜了。"

"还有一件事,"木匠停了一下,吞了吞口水,"我得动用我们存的钱。这让我有点儿担心。因为小宝宝快降生了,你可能需要用到这些钱。而且你也知道,我们没有很多钱。"

"如果你用了这些钱,我会更开心。罗亚尔,我觉得你好像生来就是要做这个讲经台的。这是你一直准备做的大事,就像一首必须要唱的歌。钱算什么呢?比起……"

"美好的事物。"木匠接着说。

"对,"萨莉说,"还有心里的平静和满足感。"

"对呀,美好、和平与满足。这就是光明的魔法。"蓝猫自言自语。而他,这只蓝猫,要在城堡镇上发挥自己的作用。他找到了自己的歌!不仅如此,他现在还相信这首歌!

不过,他并没有马上开始他的任务。每天,他跟着木匠去教堂。在那里,蓝猫躺在前排的长椅上,看着,听着。木匠边工作边唱歌或者吹口哨，蓝猫也跟着咕噜咕噜地叫。他决定要重新学习那首河流之歌，无论怎样，他都要记住。永远记住！

终于，讲经台做好了。木匠仔细地把最后一处简单的部件打磨光滑，把松木的最后一寸涂成白色，把两边的深色樱桃木扶手抛光得发亮。

之后，他坐到前排的长椅上，蓝猫也在旁边。

"我终于唱出了我的歌，"木匠说，"我和萨莉的歌。这里有森林的宁静。这是佛蒙特州最美的讲经台，它配得上最伟大的国王。"

木匠闭上了眼睛，但蓝猫注意到他的嘴唇在动。蓝猫把一只爪子搭在另一只上，准备打个小盹儿。他的左耳听到了低语声，他眨了眨眼，然后他的两只琥珀色的眼睛都睁得大大的。

从简单的讲经台线条中，仿佛有高大的松树拔地而起。它们深色的针叶填满了拱顶，漫进教堂里，低声说话。那些松枝中透露着一种荣耀，一种永恒的光芒。

除了松香，还有一种特殊的香味。从闪亮的护栏中，野樱桃树似乎长了出来，纤细而美丽，在松树的保护下绽放。鸟儿的歌声也在这里响起。

木匠的眼睛还是闭着,嘴唇还在动。蓝猫知道自己不能再看了,他悄悄地从座位上跳下,低下头,满怀敬意地离开了。

现在是他追求梦想的时候了,是完成他一直以来任务的时候,是他的歌声响起的时候。

但他永远不会忘记那荣耀和永恒的光芒。

第八章

女孩泽鲁亚·格恩西

蓝猫知道他要去哪里。他快速跑过门厅,跳下台阶,穿过村子的绿地。他经过了伊比尼泽·索斯梅德的小店,沿着主路一直跑,直到他找到了那片桑树林。在那儿,有一条小路从主路分开,蜿蜒着穿过一座小山。蓝猫沿着这条小路快速奔跑。

谷仓猫像平时一样坐在谷仓门口,不过这次,她正在给她的两只小猫擦脸。

蓝猫本来要直接去泽鲁亚家的,但谷仓猫叫住了他。"来看看这些小猫,"她说,"他们每天都在变得更可爱。"

"嗯,"蓝猫点了点头,表示同意,然后话题一转,"我还在想,怎么才能感谢你去年冬天帮我的忙。"他开始说。

听到这话，谷仓猫突然想到了什么，便立刻跑开了。过了一会儿，她带着一只肥胖的老鼠回来，用最讲究的礼仪送给蓝猫。蓝猫虽然不饿，但还是礼貌地吃了。

接着，他问起了泽鲁亚的近况。

"她还是很不开心，"谷仓猫说，"可能是因为她爸爸在康涅狄格州待了很久，她感到孤单。但我觉得就算她爸爸在家，她也不会开心。我越来越担心她了。她连她妈妈的花园都不照顾了。"

"也许，"蓝猫说，"我现在能帮泽鲁亚做点儿什么。你瞧，我找到了那首歌。"

"喵！"现在轮到谷仓猫礼貌地回应了。

蓝猫知道他该去泽鲁亚家了。他快步走向门前，谷仓猫一边带着她的两只小猫坐在那儿，一边看着他。这次，蓝猫没有叫人开门。他在门前的石头上伸展身体，享受着温暖的阳光，静静等待着泽鲁亚出现。他有很多事情要思考，而且他已经学会了耐心等待。

最后泽鲁亚打开了门，手里提着一个空桶，准备去泉边打水。她的房间一如既往地凌乱，就连她自己看起来也有些不修边幅。

尽管如此，蓝猫还是站了起来，开始唱歌。

"走开。"泽鲁亚一边说，一边沿着通往泉边的小路走去。

蓝猫唱得更大声了，跟在她后面。

泽鲁亚假装没听见，但蓝猫继续唱着。当泽鲁亚弯腰把桶伸进泉水里时，蓝猫走到她旁边，对着她的耳朵唱歌。他记得自己的左耳总能听到更多的声音。

泽鲁亚没有回应，但她脸上皱起的眉毛和绷紧的下巴表明她其实是听到了。

哦，亲爱的，蓝猫心想。他为泽鲁亚感到难过，轻轻地用头蹭着她的头发，柔和地唱着。女孩似乎轻轻地抽泣了一下。这时，蓝猫把爪子轻放在她的肩上。

突然，泽鲁亚放开桶，跌坐在草地上。"我好孤单，"她哭着说，"太孤单了。我还这么丑。没有人会注意到我，蓝猫。"

蓝猫把鼻子轻轻贴在泽鲁亚的耳边。

"用你的生活创造美好。"

"如果有人爱我，我可以做到，蓝猫。但现在没用。"

"相信我，你可以做到。"

泽鲁亚坐起来，背靠着一棵松树。蓝猫爬到她的腿上，继续安慰地唱着。他经历了很多，懂得泽鲁亚的感受。失去自信是最糟糕的事。

头顶的松树枝叶沙沙作响，好像在为蓝猫的歌声伴唱。

当泽鲁亚回到房子时，蓝猫也跟了进去。这次，女孩没关门，蓝猫就像回到自己家一样走了进去。

日复一日,蓝猫就坐在那个并不舒适的壁炉旁边,壁炉里的火冒着呛人的烟,有时火甚至会熄灭。他不停地对着泽鲁亚唱歌,一遍又一遍。

泽鲁亚坐在直背椅上,一小时接着一小时,就这么盯着窗外,似乎什么也没看到,什么也没听到,什么也没做。蓝猫真希望她能用左耳倾听他的歌,好像这样她就能听见歌词里的每一个字。唱歌是他唯一能做的事情,而且他只会唱这一首歌。

于是他开始用前所未有的热情唱起河流之歌,因为他想起了那位木匠托马斯·罗亚尔·戴克和他的爱人萨莉,还有那些充满魔法的明亮时刻。

如果泽鲁亚能学会他的歌,蓝猫相信他几乎能教会城堡镇上的任何人唱歌!哪怕他要用掉九条命去尝试,他也愿意。因为那个春天,他感受到了太多阿鲁纳的黑暗魔咒,他自己也很清楚,这个魔咒必须被打破。

蓝猫已经忘记了,如果他能教会一个人唱歌,他就会找到一个家。他自己的命运已经不那么重要了。重要的是这首歌!

难怪蓝猫的歌声那么动听。

有一天,泽鲁亚把头埋在光秃秃的桌子上。这次她流的是平静的眼泪。

蓝猫又一次出现在她的左耳边,因为从地板到桌子上只需要轻轻一跃。

"唱出你的歌。"蓝猫唱道。泽鲁亚轻轻摇了摇头。

"从过去的歌声中,走向未来。"

"我从来没有属于我自己的歌,"泽鲁亚哭着说,"过去没有,将来也不会有。"

"用你的生活创造美好。"蓝猫勇敢地唱道,尽管他对泽鲁亚的话感到有些惊讶,他还是鼓励她。

"创造美好!嗯,"女孩说,"做到这一点,我不需要美貌!"

"唱出你的歌。"

泽鲁亚站了起来。"我为什么要唱歌?没人会听的,"她说,"真的,没人。"

泽鲁亚不想唱歌，也没有唱。但她确实在听蓝猫唱他的歌。

蓝猫不停地唱着他的河流之歌，就坐在那个空旷的房间里，旁边是个不太舒适的壁炉。他唱着，一心相信这首歌的力量。

直到有一天早上，泽鲁亚问蓝猫："我怎样才能创造出美好的东西？"她没有等蓝猫回答，就好像她已经想了很久这个问题一样继续说："我似乎没有什么可以用来创造美好的。我什么都没有！我只有一只羊，是我爸爸很久以前送给我的。羊毛是我的。我妈妈还在的时候让我梳理和纺织它，虽然我不怎么喜欢。但现在有好多羊毛！要是能有亚麻布就好了，我听说织布的人能用它织出漂亮的白布，上面还有图案。蓝猫，我在想……"

她的爸爸从康涅狄格州回来了。星期天，他去了村里的教堂。泽鲁亚因为心情不好，没跟他一起去。

她爸爸回来后跟她讲了讲经台的事情。"它真的很美。"她的爸爸说。

"那是从很远的地方运来的吗？是不是由一位伟大的艺术家做的？用的是从远方船上运来的贵重木材吗？"

"哦，泽鲁亚，我的女儿，那是木匠托马斯·戴克做的。他亲手在我们家后面的树林里砍了松木和野生的黑樱桃木。"

"我想去看看那个讲经台。"女孩说。于是,在一个工作日的早晨,她去了教堂,蓝猫跟在她后面。这次,蓝猫对讲经台没什么特别的感觉,但女孩嗅了嗅空气说:"真奇怪,我能闻到松针和樱桃花的香味。"

当他们从教堂出来,蓝猫跑到了伊比尼泽·索斯梅德的店前,泽鲁亚跟了过去。窗户里展示的茶壶,是那个锡匠做的最后一件,也是最美的作品。

泽鲁亚没有去看桌布,但她想了很多。她的脑海里萦绕着松针和樱桃花的香味。

一天早上,泽鲁亚对蓝猫说:"我们去后院的小树林吧。"

"喵。"蓝猫表示同意。

他们走进了凉爽的小树林,只听到松树的窃窃私语和蓝猫的咕噜声,一切都很安静。他们坐在棕色的松针上,周围的寂静让泽鲁亚沉思。蓝猫感到一种轻微的刺痛,从耳朵到爪子再到尾巴。因为这种寂静和他悄悄进入教堂,看到木匠梦想着他能制作出完美的讲经台时周围的寂静一样。

蓝猫没有咕噜,也没动,只是在等待。

"也许……"泽鲁亚对着寂静说。然后她说:"我要试试。"

"你能为我做一个绣花的框架吗?"那天晚上,她的爸爸从谷仓回来时,她问道,"一个我可以用来编织地毯的框架。"

当她的爸爸看向她时,她解释说:"我想用那些羊毛线织一块地毯。我在森林里看到了一朵花,我想永远保留它。那是我妈妈以前最喜欢的花。"

蓝猫焦急地等待着她爸爸回答。

"那朵花就生长在木匠为讲经台选木材的那片森林里,"女孩说,"那里还有我可以用来染色的植物。"

"你还有其他的设计吗?"

女孩的脸开始泛红发光:"有些灵感来自森林。我还打算重新照顾我妈妈的花园。那里有一块玫瑰根,是我奶奶从康涅狄格州带来的。当它开花时,我会把花朵放在她的蓝白色碟子里,然后把这个图案绣进我的地毯。我还要收集草地上的蓝色花朵,把它们放在伊比尼泽·索斯梅德在康涅狄格州做的锡碗里,碗上有他的标记。不过我得用颜料来绘制碗,因为即使是森林里所有的植物,也染不出银色的线。"

"我希望你能把我们家的白公鸡绣在地毯上,可以吗?"她爸爸提议道。

"白公鸡?你真的认为它有那么特别吗?"泽鲁亚好奇地问。

"当然，它很漂亮！"爸爸自豪地回答。

泽鲁亚微笑着，连旁边的蓝猫都跟着好奇地望向她。她的笑容是那么温暖，一点儿也不像平时那样平凡。

"好的，那我就把你的白公鸡也绣进地毯里。"泽鲁亚答应了，"但在那之前，我得先打扫一下屋子。我可不想在这么脏乱的屋子中做地毯。"

她立刻行动起来，彻底打扫了房间，连最隐蔽的角落里的蜘蛛网也没放过。她还擦亮了纺车，摆放在壁炉旁，找来一块漂亮的桌布铺在桌子上，中间放了一个装满苹果的锡盘。窗台上，她放了一只蓝白相间的碗，里面插满了粉红色的知更鸟花和蓝色的羽扇豆花。

壁炉里的火苗跳跃着，发出愉悦的声音，就连茶壶也在架子上咕嘟咕嘟地唱着歌。蓝猫蜷缩在壁炉旁，一边唱着他的河流之歌，一边享受着泽鲁亚为他准备的舒适地毯。

有一天，泽鲁亚停下手中的活计，深情地看着蓝猫说："蓝猫，随着时间的推移，我们的家会越来越美丽。我已经可以想象，地板上铺满了五彩斑斓的地毯。等到那一天来临……"她的话语渐渐变得缓慢，眼中充满了深情。

"蓝猫，我会永远陪在你身边。"她温柔地说。

蓝猫突然一跃而起，似乎被她的话吓了一大跳。他还记得阿鲁纳·海德曾经恐吓他，要让他永远留在他身边，但其实心里想的是要把他做成标本。现在，泽鲁亚也说出了同样的话，这让他感到困惑和不安。为什么泽鲁亚会说出这样的话呢？

"哦，蓝猫，你的歌声给了我许多快乐。所以，我要把你——连同你怒视的样子——都绣进我的地毯里。你看呀，即使你在生气，对我来说你依然很可爱。我爱你。"

就在那一刻，泽鲁亚开始唱起河流之歌，蓝猫再次躺下，静静地聆听。他感到前所未有的满足，因为他已经完成了自己的使命，教会了一个人唱河流之歌。

但是，他心中还有一丝忧愁，因为他曾经承诺要做更多。如果泽鲁亚能从他那里学会这首歌，那么他就应该教给城堡镇里的其他人。这意味着他必须离开这个他深爱的家。但在那之前，他还有一件事要做——找到一个方式，来感谢那只在他疲惫、生病、失落时陪伴他的谷仓猫。这需要好好思考一番。

与找回河流之歌相比，对谷仓猫说声谢谢应该是一件简单的事

情。但很长一段时间，蓝猫想不出任何合适的表达感谢的方式。谷仓猫是城堡镇里最擅长抓老鼠的猫。他可以抓蚱蜢，但她对此不感兴趣。而抓鸟类超出了他的能力范围。那么，作为一只蓝猫，他能为一只像谷仓猫那样在各方面都表现出色的猫做些什么呢？在谷仓猫自己看来，她还是两只非常了不起的小猫的母亲。

然后，有一天，泽鲁亚把蓝猫叫到身边。"过来看看你自己，"

她说着,把他抬到编织架前的椅子上,"你真是一只了不起的猫!"

在画框中,他看到了自己的蓝色影子——那个他从前在村庄绿地上的井边瞥见过的自己。当然,他长大了,背后留下了艰难生活的痕迹。但他的白色胡须整齐地竖立着,他胸脯前白色的皮毛闪闪发亮。当他凝视着这个几乎让他感觉想要哈气的生物——因为它和他自己如此相似,他突然知道自己能为谷仓猫做些什么了。

他径直走向谷仓,一次叼进来一只黄色小猫,把他们放在壁炉边的地毯上。谷仓里的小猫现在已经长得相当大,而且有些沉重,但蓝猫还是一只一只把他们叼进来。

他清楚地对泽鲁亚说:"也把他们织进地毯里吧。他们是最漂亮的小猫。至少他们的妈妈是这么想的!"

于是泽鲁亚照做了。

谷仓猫非常开心。"果然只有蓝猫,"她说,"才会意识到这些小猫是多么非同寻常。"

蓝猫保持沉默,像绅士一样。这是一只蓝猫应该做的。

但泽鲁亚正在编织地毯的故事传遍了小镇。蓝猫和黄色小猫的肖像的消息也同样传开了。

"简直就是活灵活现的模样!"

当城堡镇的居民们纷纷来到这里，见证这个奇迹时，他们都被泽鲁亚整洁的家和她手中日益递增的地毯之美所吸引，更不用说那女孩脸上幸福的光芒了。他们也开始梦想着用自己的双手创造美好的事物。

泽鲁亚帮大家想出好多好玩的东西可以做，比如漂亮的锅垫、编织的花边装饰，还有特别的手杖。更难的物件像是床单、被罩，还有花园里和门上的装饰。有人拿来漂亮的花和贝壳，希望泽鲁亚能用它们来装饰她的作品。镇上最老的爷爷还建议她将雪花的样子也绣进作品中。当他看到泽鲁亚的作品里有了雪花，开心得不得了。甚至有两个学医的孤儿也给泽鲁亚的地毯设计了图案，还加上了他们名字的第一个字母。不知怎的，泽鲁亚让每个人都觉得这地毯不仅是她的，也是大家一起做的。

大家都惊讶于泽鲁亚的巧手，和她一起做事时都忘了大家以前怎么看她。大家都在想，还有谁能像泽鲁亚这样友好、耐心而且总是笑眯眯的呢？她简直就是幸福的小天使！

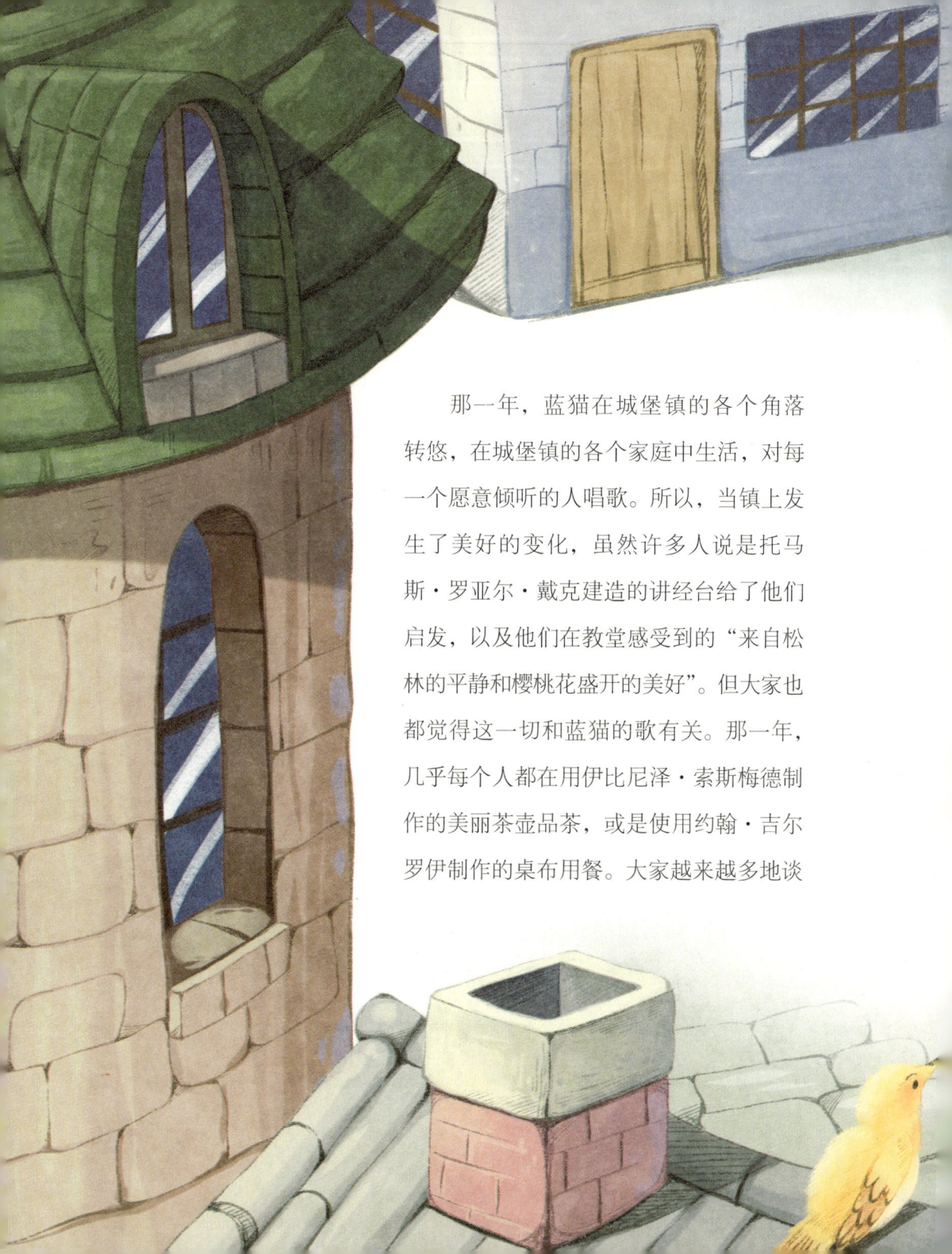

那一年，蓝猫在城堡镇的各个角落转悠，在城堡镇的各个家庭中生活，对每一个愿意倾听的人唱歌。所以，当镇上发生了美好的变化，虽然许多人说是托马斯·罗亚尔·戴克建造的讲经台给了他们启发，以及他们在教堂感受到的"来自松林的平静和樱桃花盛开的美好"。但大家也都觉得这一切和蓝猫的歌有关。那一年，几乎每个人都在用伊比尼泽·索斯梅德制作的美丽茶壶品茶，或是使用约翰·吉尔罗伊制作的桌布用餐。大家越来越多地谈

论美好、和平和满足的感觉。慢慢地，城堡镇之前的不快都消失了，取而代之的是满满的光明和祝福。

当蓝猫觉得自己和河流之歌带来的魔法已经足够强大时，他就沿着小路回到泽鲁亚的家。泽鲁亚在门口等着他，笑着说："我就知道你会回来，蓝猫。看，我为你编织了一条特别的地毯，你可以在上面躺着唱歌，一直唱到世界的尽头。"

蓝猫走进屋里，开心地摇着尾巴。他抬头感谢泽鲁亚时，发现她真的非常美丽，难怪全镇的人都这么喜欢她。

于是，蓝猫就蜷缩在壁炉旁的地毯上，四处张望。这里真是个好地方。他看到自己的形象被绣在了地毯上，虽然他不是最漂亮的猫，但他希望自己是特别的。他还看到那只谷仓猫和她的小猫们也被绣在了地毯上，他们看起来真的很可爱。他们几个会永远留在这块地毯上。

他想起了自己经历的冒险和承担的使命，感到非常满足。从尾巴到爪子，再到耳朵，他舒展着身体，伸着懒腰，想起了自己唱过的河流之歌，那首歌曾经给整个城堡镇带来了魔法。

第九章

光明的魔法

城堡镇是个充满魔法的地方,就像很久以前最早来到这里的人们带着美好、平静和满足的心情穿过荒野一样,现在的城堡镇依然保持着那份魔力。

这个小镇以它那座在佛蒙特州数一数二的漂亮教堂里的讲经台为荣,这出自托马斯·罗亚尔·戴克——一个古老的艺术家和木匠之手,他还亲自搭建了许多美丽的房屋、门廊、拱门和楼梯。你走在镇上,到处都能看到这位大师的手艺,就像伊比尼泽·索斯梅德在锡器上留下的标记一样。

当路过的人走过这个小镇,他们会不由自主地放慢脚步,最后停下来,惊叹地说:"这里一定是被施了魔法!"

每年,城堡镇每家每户都会打开他们的家门,展示那些受到蓝猫歌声启发而创作的美丽宝贝,吸引远方的游客来这里游览,并为他们讲述关于城堡镇的故事。

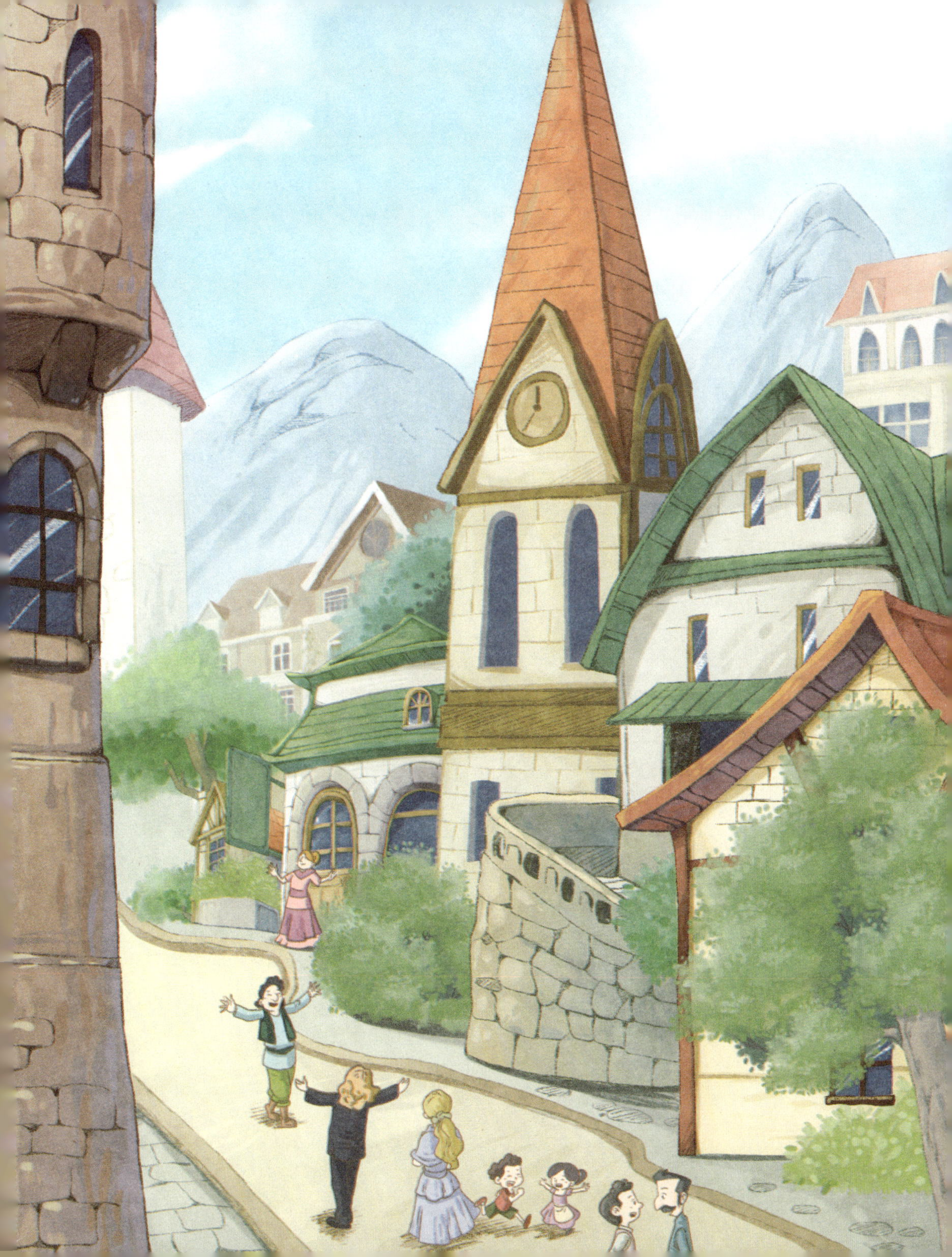

但有两样东西是游客们看不到的。一样是伊比尼泽·索斯梅德制作的茶壶，虽然大家都还在谈论它，但没人知道它去了哪里，或许被藏在什么地方。另一样是泽鲁亚·格恩西做的地毯，因为那块地毯，还有蓝猫的壁炉旁的地毯，都被收藏在纽约的大都会博物馆里了。

如果你不相信这个故事，你可以自己去看看。白天的时候，蓝猫会跟你对视。但到了晚上，当博物馆空荡荡的，月亮的光透过窗户照进来时，你就能听到蓝猫的歌声在博物馆的每一个角落回响。河流不是曾经承诺过他会获得永恒的生命吗？

阿鲁纳呢？现在，几乎没人还记得他。因为他给城堡镇带来的魔咒已经被完全解除，正如河流所希望的那样。不过，正如河流所承诺的，阿鲁纳最终还是成了他自己的魔咒的牺牲品——他遭遇了一场可怕的火车事故。直到今天，每当火车的轰鸣声在山谷中回响，依然能让人感到一丝寒意。那就是黑暗魔咒留下的唯一印记了。

至于那条穿过山谷的河流，你不妨去它旁边坐坐。如果你突然听到河流开始唱歌，就赶紧转过身。如果你反应够快，在芦苇中，你可能会看到一个小小的蓝色身影。很明显，那只特别的蓝猫——并不总是会待在大都会博物馆里呢！

所以，请唱出你的歌吧。唱得响亮，唱得美丽！

后　记

直到今天，城堡镇的人们还在唱着他们自己的歌曲。

不久前，在佛蒙特州的城堡镇的山顶上，有一个巨大的风车在阳光下旋转。这实际上是一座风力涡轮机，用风能来发电。因此，在1946年的一个夏天，凯瑟琳·科布伦茨和她的丈夫一起访问了城堡镇，他们对这台巨大的机器非常感兴趣。

在一次教堂的晚宴上，镇上的图书管理员赫尔达·科尔向她透露，城堡镇因为是伊森·艾伦出征夺取提康德罗加堡的起点而出名，在这个小镇里，有两位先驱一直被当地居民视为骄傲：一位是建造了佛蒙特州最美丽的教堂讲经台和许多美丽房屋的木匠；另一位是设计并制作了一块十分美丽、独特的地毯（现在挂在纽约大都会博物馆）的女孩。那块地毯上，除了其他图案，还有一只非常迷人的蓝猫。

科布伦茨夫人问："为什么会有一只蓝猫呢？"但是镇上没有人

能回答这个问题。尽管有人记得，当那块地毯还铺在它的创作者的客厅地板上时，任何第一次走进房间的猫都会突然停下来，拱起背部，对着脚下的蓝猫发出嘶嘶声。

1946年冬天，赫尔达·科尔把玛丽·杰里什·希格利收集的关于小镇的资料寄给了远在华盛顿的凯瑟琳·科布伦茨。这份意外的资料如此吸引人，以至于科布伦茨夫人仔细研究了它，并两次返回城堡镇，以了解更多信息。

这本书不仅有引人入胜的历史，而且还融入了民间传说的元素。作者巧妙地将这些素材融于书中。她坚称，在过去的一年半里，她感觉到那只蓝猫每晚都坐在她的枕头上，试图把他的故事嘀咕给她听。作为一个佛蒙特州的本地人，科布伦茨夫人深深地感受到城堡镇至今仍

然散发出的魔法。书中提到的每个人都曾经生活在那个小镇上，做过书中所述的事情，名字也都是那些人的真实姓名。

总之，书中的每一个字都是真实的，它们共同构成了这个美丽的故事。

致　谢

感谢城堡镇的这些朋友们：

詹姆斯·伯恩斯夫妇、埃德娜·希格利小姐、雷蒙德·兰森夫人、卡斯蒂斯·圣约翰夫人、G.H.塔加特夫人，他们慷慨地分享了他们的生活见闻和知识；还有比阿特丽斯·圣约翰·赖特夫人，允许我们从她现在拥有的吉尔罗伊桌布中复制图案。

感谢哈罗德·布朗夫人和玛格丽特·奥宁夫人讲述了一些细节；以及乔治·哈钦斯先生和吉姆·伊顿先生，帮助确定了大宅子的位置。

感谢威廉·赖斯绘制了城堡镇早期的地图。

特别感谢劳伦斯·沃德的帮助。

感谢纽约市的卡琳·布兰查德小姐和阿灵顿的赫伯特·惠顿·康登，一位佛蒙特建筑权威人士，也是《佛蒙特州老建筑》的作者，他们阅读了手稿并提出有益建议。感谢莱德利·劳林，是《美国锡器、锡匠及其标记》的作者，提供了图片和有伊比尼泽·索斯梅德标记的复制品。本书中的角色解读来源于原始资料，当然，这些解读属于作者——以及那只蓝猫的！

图书在版编目（CIP）数据

城堡镇的蓝猫 /（美）凯瑟琳·凯特·科布伦茨著；何然编译；豆豆鱼绘. -- 北京：科学普及出版社，2025.4. --（国际大奖儿童文学）. -- ISBN 978-7-110-10862-8

Ⅰ.Ⅰ712.84

中国国家版本馆CIP数据核字第2024Y9C277号

总 策 划	周少敏
策划编辑	王惠珊
责任编辑	王惠珊
封面设计	书心瞬意
版式设计	翰墨漫童
责任校对	邓雪梅
责任印制	徐 飞

出 版	科学普及出版社
发 行	中国科学技术出版社有限公司
地 址	北京市海淀区中关村南大街 16 号
邮 编	100081
发行电话	010-62173865
传 真	010-62173081
网 址	http://www.cspbooks.com.cn

开 本	720mm×880mm 1/16
字 数	90 千字
印 张	9.5
版 次	2025 年 4 月第 1 版
印 次	2025 年 4 月第 1 次印刷
印 刷	鸿鹄（唐山）印务有限公司
书 号	ISBN 978-7-110-10862-8/I·783
定 价	58.00 元

（凡购买本社图书，如有缺页、倒页、脱页者，本社销售中心负责调换）